헌 사

·

내가 가족을 일으켜세우려

앞만 보고 부지런히 살게 했고

고향집에 봉래정원을 만들고

박사학위까지 할 수 있도록 만들어준

사랑하는 부모님 형제들에게

봉래정원과 박사학위를 바친다.

자신의 가치를 높여라

자신의 모습은 생각하고 행동하는 그대로 결정된다

자신의 가치를 높여라

양승철 지음

모아북스
MOABOOKS

지금까지 살아오면서, 나를 응원해주고 기쁠 때나 슬플 때나 마음을 함께 해주는 좋은 사람들을 만나는 것이 가장 행복한 일이라는 것을 깨달았다.

태어나 수많은 인연으로 사람들을 만나지만, 그 많은 사람들 중에 정말 나와 생각이 같고 마음이 맞는 좋은 사람은 많지 않다. 하지만 인생의 순간 순간마다 나에게 힘이 되어주었던 좋은 사람들이 있었기에, 어렵고 힘든 여러 상황에서도 오늘날까지 이렇게 꿋꿋하게 살아올 수 있었다.

나의 가장 소중한 사람은 부모님과 가족들이다

항상 남에게 베풀기 좋아하시고, 욕심 없이 묵묵히 자식들에게 사랑만 주시던 어머니. 아파도 아프다는 것을 자식들에게 알리지 않으시면서, 뼈를 깎는 마음의 고통을 혼자 참아내신 내 어머니의 그 마음을 알기에, 평생 잊지 않고 살아가고 있다.

학창시절, 수업 중에 비가 내리면 어머니는 먼 길 마다하지 않고 우산을 들고 오셨다. 유리창 밖에 서서 아들을 기다리시던 어머니의 사랑을, 그 모습을 지금도 마음 깊이 새기고 있다.

아버지…… 이름만 불러도 가슴이 먹먹해지는 내 아버지. 평생을 성실하게, 열심히 자식들을 위해 살아오신 아버지를 존경하고 사랑한다.

서울에서 첫 직장생활을 할 때, 상경하신 아버지를 마중하러 영등포역으로 나갔다. 아버지께서 좋아하시는 음식점으로 함께 가는 택시 안에서, 나의 손을 꼭 잡으며 하시던 그 말씀을 지금껏 잊지 않는다.

"승철아, 형제들 중 너는 아무데나 내놓아도 걱정이 안 된다. 어디서 누구를 만나든 다 이겨내고 잘할 것이라서, 너는 걱정을 안 한다."

이 말씀이 평생 동안 크나큰 힘이 되었던 것 같다.

두 번째로 소중한 사람은 직장 동료들이다

직장 동료는 서로 같은 환경에서 같은 목표를 가지고 하루 24시간 중 가장 많은 시간을 함께하는 사람들이다. 회사에 힘든 일이 생기면 서로 독려하며 하나씩 해결해가는 '동고동락同苦同樂'하는 사이이니, 함께 일하는 동료들이 참 중요하다.

직책과 나이, 살아온 환경들이 다르더라도 같은 조직에 들어와 같은 목표를 두고 일하는 동안 마음만은 언제나 하나여야 한다는 생각이다.

내가 근무하는 직장은 최소한 그런 환경을 만들려고 노력했다. 나 역시 조직의 궂은일에 앞장섰고 누구보다 열정적으로 일했다. 그러다 보니 직장의 오너로부터 인정을 받을 수 있었다.

인정받기 위해 열심히 일한 것은 아니었지만, 그래도 조직에서 존재감을 인정받으며 일하는 것만큼 보람 있는 일은 없을 것이다 .

자신을 인정해주는 직장, 특히 동료와 오너를 만난다는 것도 최고의 행복이다. 나를 인정해준 경영진과 능력 있고 모나지 않은 좋은 직장 동료들을 만난 것에 감사한다.

세 번째로 소중한 사람은 친구들이다

어릴 적 같은 동네에서 같은 학교를 다니며 같이 공부했다고 해서 모두가 친구는 아니다. 같은 조건, 같은 환경에서 살아온 고향 친구라고 해도 성장하고 어른이 되어 사회에 나와, 그 어디에선가 경쟁자가 되어 서로 치열하게 경쟁하며 살았는지도 모르는 일이다.

한때는, 같은 고향에서 나고 자라서 중 · 고등학교를 함께 다녔으면 다 같은 친구라고 생각하며 살았다. 그런데 어느 때부터인가 '동창' 과 '좋은 사람, 친구' 는 다르므로 구별해야 한다는 나름의 기준을 갖게 되었다.

좋은 일이 있을 때 함께 좋아해주지 못하고, 축하한다는 말 한마디 못 한다면 그것이 친구일까?

내가 슬픈 일을 겪을 때 소식 듣고 찾아와서 손잡아주며 위로의 말 한 마디 못 건넨다면 그것을 친구라고 할 수 있을까? 살다 보니 그런 일을 겪게 되고, 그래서 '친구' 와 '동창생' 을 구분하는 기준이 생겼다. 진정한 용기와 진심, 그리고 우정이 있는 사람들이 그리 많지 않다는 것을 깨달았기 때문이다. 어릴 적 동네 친구, 학교 동창, 사회에서 만난 친구들을 모두 '친구' 라는 이름으로 부르고 있지만, 내게 슬픈 일이 있을 때나 좋은 일이 있어 소식을 접할 때 함께 슬퍼해주고 함께 좋아해 주는 친구가 진짜 소중한 친구다.

다행히 나에게는 소중한 그런 친구들이 참 많았다. 고마운 일이다. 그래서 나도 그런 좋은 친구가 되기 위해 친구들에게 슬픈 일이나 좋은 일이 있을 때 적극적으로 함께 소통하며 살아가고 있다.

불행을 이겨내고 강해지려 노력하며 살았다

나에게는 다시 떠올리고 싶지 않아 가슴속 깊숙이 묻어둔 아픈 이야기가 있다. 하지만 이 책을 쓰면서 그 이야기들을 꺼내야 할 것 같아 벌써부터 가슴이 시리다.

형제들의 불행한 사고로 인해 누구보다 힘든 일, 어려운 일을 겪었다. 하지만 견디고 살아내기 위해서 흐트러짐 없이 더 강해지려 노력했다. 형제들이 큰 교통사고로 먼저 떠나고 부모님마저 돌아가시자 이루 말할 수 없는 상실감에 빠졌다. 아버지, 어머니 두 분이 평생 고생해서 이룬 소중한 가정이 무너져 사라진 것 같아 가슴이 아팠다. 내게 가족은 마음의 언덕이었고 안식처였다.

그런 일들이 닥칠 때마다 아내는 나에게 더욱 강해지라며 힘을 주었다. 당신이 잘 살아야 부모 형제들을 대신하는 것이고, 가족을 잘 지켜왔던 부모님의 뜻을 이어가는 것이라고 위로와 응원을 건넸다.

아내의 위로 덕분에, 형제들과 부모님 모두 돌아가시고 마음의 언덕이 없어졌다는 허탈함을 딛고, 여기서 조금이라도 나태해져 무능력하게 살아가면 절대 안 된다는 생각을 다질 수 있었다.

그동안에도 다른 사람 못지않게 고생하면서 부지런하게 살았지만 그 이후 더욱 열심히 살았다. 그것이 형제들 몫까지 사는 데 대한 감사함이었고, 낳아서 가족의 울타리를 만들어준 부모님에 대한 보답이었다.

한편으로는 내가 이룬 가정, 우리 가족만큼은 더욱 단단하게 일으켜 세우겠다는 결심과 생각으로 내 삶의 목표가 바뀌었다. 그리고 그 목표를 지키면서 지금껏 살아왔다.

나 자신을 버린 채 앞만 바라보고 달렸다. 계속 하나하나 다음 목표를 세우고, 그 새로운 목표와 희망을 가지고 힘든 과정을 이루어나갔다. 모든 것에 최선을 다해 이겨내며 살아왔다.

살아오면서 가졌던 생각, 목표와 꿈들 그리고 기억 속의 추억들을 '자서전' 이라는 명목으로 남기려 한다.

자서전에 '나'를 담아본다

그동안 내가 살아온 과거 추억들을 소환하며 자서전이라는 명목으로 이 글을 쓰면서, 처음으로 내 자신을 송두리째 돌아보는 계기가 되었다.

꿈 많고 열정적이던 학창시절에는 취미 활동이 뭐냐고 물으면 운동, 독서, 낚시, 음악 감상, 우표 수집 등을 말했다. 하지만 지금 내 생활 속에서 소소한 즐거움을 주는 취미를 돌아보니 진짜 취미가 보인다. 배우고 공부하는 재미, 꽃나무 키우고 정원 가꾸는 재미, 스와로브스키Swarovski 크리스털 작품 모으는 재미, 기념주화를 모으는 재미와 가끔씩 하는 골프가 삶을 흐뭇하게 한다.

학무지경學無止境이란 말처럼 배움에는 끝이 없어서, 살아가면서 모르는 것은 묻고 찾아보면서 공부해야 한다. 나이와 상관없이 공부는 평생 계속되어야 한다는 것이 확고한 내 생각이다.

지금 나는 늦공부에 빠져 있고 공부 또한 취미의 일부분이 되었다. "책 속에 길이 있다"는 말을 실감하며 살아가고 있는 중이다.

살면서 《삼국지》를 몇 차례 거듭 읽었다. 젊은 시절에 그 책을 읽으면서 유비, 관우보다 장비의 순간 판단이 나와 같은 경우가 많았다. 성격이 급한 데다가 '한 번 아닌 것은 무슨 일이 있어도 아니다' 라고 뚝심을 내세우는 것이 장비의 장점이자 단점이다. 나 또한 의리, 도덕적인 측면에서 '아니다' 라고 판단한 일에 대해서는 타협하는 일이 거의 없었다.

그리고 어떤 것을 '하겠다' 고 마음먹으면 그것을 꼭 해내야만 한다는 생각이 강했다. 그런 성격으로, 어떻게든 그 일을 해결하기 위해 방법을 찾고 노력하면서 열정적으로 살았다.

문제가 생기면 나는 그 담당자, 당사자를 먼저 만났다. 관련자들을 직접 만나 충분히 상황을 설명하고 소통하다 보면 힘든 일이 하나씩 풀려 나갔다. 이런 방식으로 일을 해결해오면서 내가 갖게 된 신념이 있다.

"이 세상 모든 일은 사람들이 모여서 그들이 하는 일이라 불가능은 없다. 그러니 살아가며 모든 일에 자신감을 가지고 도전하며 스스로 목표를 세우며 자기 자신의 가치Value를 높여라."

나는 누구에게나 권위의식을 가지지 않으려 노력했고 행동했다. 약한 사람이라고 해서 아랫사람으로 보지 않으려 했고, 아랫사람이라고 해도 내가 먼저 다가가서 그 사람을 배려하고 존중하려 노력했다.

나보다 약하고 힘든 주위 사람을 보면 도와주고 싶은 생각이 저절로 생겨났다. 누군가에게 선물을 받고 대접을 받는 것보다는, 내가 선물을 주고 배려하며 대접하는 것이 훨씬 마음 편하고 행복하다.

돌아보니, 그동안 일을 해오면서 불가능할 것 같던 일을 하나하나 이루어 오면서 기쁘지만, 여기에 다시 쓰지 못한 이야기도 있다. 그런 이야기

몇 개는 가슴에 묻어두려 한다.

그리고 더 좋은 사람, 소중한 사람들과 더 좋은 추억들을 기억했어야 하는데 그러지 못해 놓친 것들이 분명 있을 것이다. 나를 항상 응원해주고, 감사함과 은혜를 베풀어주신 많은 분들이 있기에 지금의 내가 있다. 기억하지 못한 것은 소중하지 않아서가 아니라 그간 세월이 많이 흘렀기 때문이다.

아쉬움은 아쉬움대로 남긴 채 원고를 마감한다.

2022년 3월
양승철

4부

사회생활의 시작 그리고 군대 시절

5부

나의
어린 시절

단상 斷想

1부

오늘의 나는
어제의 결과다

01

대학교 강단에 서서
강의를 하다

학생들의 취업과 진로 결정 등을 지원하기 위한 프로그램으로, 전라북도에서는 지역의 각 대학에 '기업의 이해' 라는 과목을 만들었다. 주로 대학 3, 4학년 학생들을 대상으로, 현직에 근무하는 기업의 임원들을 강사로 초청해 취업 준비, 기업에서 하는 일 등을 강의하는 시간이었다.

나는 2016년부터 5년 정도 매 학기마다 군산대학교, 전북대학교, 전주대학교, 우석대학교, 호원대학교, 기전대학교, 원광대학교에서 강의를 했다.

강의는 전체 2강으로 구성했다. 1강에서는 내가 일하고 있는 제약회사와 제약산업을 소개하고당사인 한국프라임제약㈜에 준해, 2강에서는 열심히 일하며 자신의 가치를 높이고 성공으로 가는 직장생활 방법 등 을 조언했다.

초청강사의 경우 강의가 끝난 뒤 학생들에게 강사 평가지를 제출하도록 한다. 이때 강사 평가점수가 85점 미만이면 그 강사는 다음 학기에 초청 받지 못한다. 다행히 나는 항상 90점 이상의 평가를 받은 덕에 5년 내내 대학의 초청을 받아서 강의를 할 수 있었다. 후하게 평가해준 학생들에게 감사한다.

학생들에게 도움이 되는 강의를 위해 사회적인 이슈나 새로운 정보를 찾아보고, 눈높이를 맞추기 위해 유행어를 찾아서 익히기도 했다. 그리고 무엇보다 특별한 비장의 무기가 있었다.

아무리 집중력이 뛰어난 사람이라고 해도 일정 시간이 지나면 정신이 다른 데 팔리거나 졸음이 오게 마련이다. 그래서 학생들의 집중력이 떨어질 즈음 깜짝 퀴즈를 낸다. 커피 쿠폰과 치킨+맥주 쿠폰을 걸면 강의실이 갑자기 활기로 들썩들썩한다. 퀴즈로 분위기가 환기되면 학생들은 다시 집중을 한다. 또 강의 끝 무렵에 질의응답 시간을 갖는데, 이때 질문을 많이 하거나 유익한 질문을 한 학생에게도 커피 쿠폰으로 고마움을 표시한다.

강의는 단순히 강사와 학생의 관계를 뛰어넘어, 열정으로 수강하고 질문한 학생에게 스카우트를 제의해서 우리 회사에 입사한 사례도 있다.

대학 강의를 5년 하다가 그만둔 이유는 내 스스로 공부를 더 하기 위해서였다. 회사에서 지위가 높아지면서 챙겨야 하는 일도 많아지고 책임감도 커지면서 대학원에 진학해 석사, 박사 과정을 공부하다 보니 강의 시간 맞추기가 점점 어려워졌다.

사실 한 해에 두 번의 강의라지만 완벽하게 하기 위해서 나름 공부를 해야 하고, 프레젠테이션 자료도 직접 만들어야 하고, 스피치 연습도 해야 했다. 날마다 하는 것이라면 줄줄 외울 텐데 가끔 하는 것일수록 더 어려운 법이다.

대학원에 진학하니 시간이 부족했다. 완벽하지 않다면 차라리 안 하느니만 못 하다고 판단하고, 스스로 강단에서 내려왔다.

직장에서 성공하기 위한 7가지 방법

1. 회사에서는 열정으로 일하라. 부지런해라.

2. 모르는 것은 물어서라도 꼭 알고 일하라.

   죽는 날까지 배워도, 배움에는 끝이 없다.

3. 자기의 목표와 꿈을 세워라. 꿈은 이루어진다.

4. 자신의 가치Value를 높여가라.

   자신의 모습은 생각하고 행동하는 그대로 결정된다.

5. 모든 일은 직접 부딪쳐서 해결하라.

   세상 모든 일은 사람들이 모여 그들이 하는 일이라 불가능은 없다.

6. 긍정적으로 일하라. YES Man이 되어라.

7. 가장 앞장서서 일하는 습관을 가져라.

   (강의 내용 중에서)

02

배움에 대한 열정으로
온가족이 동문이 되다

• 조선대학교 경영대학원 최고경영자 과정 수료

• 호남대학교 스피치 노블레스 과정 수료

• 전남대학교 경영전문대학원 최고경영자 과정 수료

• 보건산업최고경영자회의 보건산업 글로벌 최고경영자 과정 수료

• 광주일보 리더스 아카데미 과정 수료

조선대학교 경영대학원 최고경영자 과정

회사 임원이 되고 나서, 회사를 계속적으로 발전시켜야 한다는 책임감으로 어깨가 더욱 무거워졌다. 그리고 회사 발전에 공헌하려면 누구보다 많이 배우고 먼저 알아야 한다는 생각을 갖게 되었다.

그래서 조선대학교 경영대학원 최고경영자 과정에 입학했다. 성공한 기업인, 유명 강사들에게서 성공 스토리와 현재 경제상황, 경제정책 등 좋은 강의를 열심히 들었다.

강의를 들으면서, 회사에 당장 도움이 되는 것들은 즉시 도입해 반영하려고 노력했다. 회사의 변화에 필요한 것들, 회사의 중요 업무 중 내가 놓치고 챙기지 못한 일들은 강의를 들을 때 기록했다가 다음 날 회사에 출근해서 바로 챙겼다. 또 강의를 꼼꼼하게 기록·정리해서 다음 날 직원들에게 복사해주고 읽어보도록 했으며, 좋은 정보는 직원들과 공유하는 것을 잊지 않았다.

한 분야에서 성공한 사람들의 이야기를 들으며, 조금이라도 나태할 수 있는 마음을 추스르고 더 열심히 살아야겠다는 각오를 다졌다.

최고경영자 과정 동창생들은 기업을 직접 경영하는 대표거나 중견 대기업의 임원들이어서 모두가 회사 경영에 관심을 가지고 있었다. 비록 분야는 서로 달랐지만 충분히 교감할 수 있었고 서로 하는 일들에 도움을 주기 위해 노력했다.

전체 1년 과정으로, 매주 수요일 퇴근 후 강의를 들었다. 가끔은 동창생들의 단합을 위해 늦은 회식 자리도 만들어지곤 했다. 또한 기간 중 방학을 이용해 1년에 1회 정도 해외여행을 다녀왔고, 월별·분기별로 단체 골프 모임도 가졌다.

하지만 최고경영자 과정을 다섯 군데나 다니는 동안, 나는 한 번도 동창생들과 해외여행을 가지 않았다. 물론 회사에 보고를 하고 갈 수도 있었지만 내 마음속에는 회사일이 항상 가장 우선이었다. 사실 최고경영자 과정에서 공부하기로 마음먹은 것도 회사 발전에 도움이 되기 위해서였다.

그러니 회사 근무를 빼고 여행이나 운동을 한다는 것은 내 기준에 맞지 않았다. 주중 골프도 가능하면 피했고, 주말과 휴일을 이용해서 동창들과 골프 모임을 갖는 것은 적극 참여하려 했다.

비록 1년이라는 짧은 기간이었지만 수료 후 10년이 넘은 지금까지도 계속 동창회를 통해 만남을 이어가고 있다.

조선대학교 경영대학원 최고경영자 과정에서 김종호 원장님과 우리 원우 동기들의 주임교수로는 이계원 교수님이 함께하셨다.

조선대학교 최고경영자 과정은 현장에서 일하는 내 자신과 회사에 직접 도움이 되는 유익한 수업이었다. 나의 부족함을 채우고 경영자로서의 자질을 하나씩 갖춰가는 것에 보람을 느꼈다.

사람은 죽는 순간까지 배움을 멈추면 안 된다는 생각으로 다음 해부터 호남대학교 스피치 노블레스 과정, 전남대학교 경영전문대학원 최고경영자 과정, 보건산업 최고경영자회의 보건산업 글로벌 최고경영자 과정, 광주일보 리더스 아카데미 과정까지 연이어 다섯 군데서 최고경영자 과정을 수료했다.

조선대학교 경영대학원 최고경영자 과정을 마치고, 강의 내용이 너무 좋아서 아내에게도 입학을 권유했다. 그래서 아내도 최고경영자 과정에 입학했는데, 다행히 강의 듣는 것을 좋아해서 열심히 강의를 듣고 수업에도 적극 참여했다.

전남대학교 최고경영자 과정도 입학을 권유했지만 쉬고 싶다고 해 한 해 쉬고, 다음 해에 광주일보 리더스 아카데미 과정에 입학했다.

지나고 보니 우리 가족 모두가 조선대학교 동문이 되었다. 큰아들은 조선대학교 경영대학 경영학과를 졸업했고, 둘째는 경영대학 경제학과를 졸업했다. 아내와 나는 경영대학 최고경영자 과정과 대학원 석·박사 과정을 마쳤으니 우리 가족 모두가 조선대학교 동문이 된 것이다.

이 글을 통해 우리 가족 동문대학교인 조선대학교가 전국 최고의 대학교로 무궁한 발전을 이루길 기원해본다.

조선대학교 경영대학원 석사 과정

최고경영자 과정을 통해 성공한 기업인과 명강사의 강의 내용을 들으며 큰 깨달음을 얻었다. 이제는 경영을 더욱 깊이 있게 공부하고 경영자로서 이론까지 갖춰야겠다는 생각이 들었다. 그래서 조선대학교 경영대학원 최고경영자 과정을 시작으로 5년 동안 다섯 곳의 최고경영자 과정을 수료한 뒤, 조선대학교 경영

▲아내 수료식에서 가운데

▲아내 수료식에서

대학원 경영학과 석사 과정에 도전장을 던졌다.

또래에 비해 결혼을 빨리 하고 사회에 진출하다 보니, 회사에서 실무를 익히는 것이 먼저라 시간을 내서 이론 공부를 제대로 하지 못했다. 젊은 시절에는 공부하고 싶은 욕구보다, 업무에서 성과를 올려 조직의 안정과 발전이 더 중요하다고 생각했던 것이다.

그러나 빠르게 변화하는 여러 경제 상황 등을 알아야 하고 배움은 죽을 때까지 해도 끝이 없다는 생각을 항상 가지고 있었기에, 늦은 나이에도 꾸준히 공부를 해야 한다는 열정이 마음속에 크게 자리하고 있었다. 그러기에 바쁜 가운데 시간을 내서 어려운 과정에 도전했던 것이다.

특히 석·박사 과정에 도전하여 더 공부할 수 있도록 계기가 된 것은 김성후 세무사국세청 출신님의 영향도 있었다. 사회 지인이자 선배인 김성후 세무사님은 국세청에 근무하면서, 바쁜 와중에도 열심히 공부해 박사학위를 취득하셨다. 그 모습을 보면서 나도 망설이고 있던 석·박사 과정에 도전할 용기를 갖고 생각을 실천할 수 있었다.

김성후 박사님은 나의 학위 도전 소식에 "최선을 다해 열심히 공부하라"시며 조언과 함께 용기를 북돋워주셨다. 그리고 학위 과정 동안에도 많은 응원을 해주셨다.

열심히 해서 반드시 박사학위까지 이루어보자는 마음으로 석사 과정에 입학했다. 학위 과정 동안 강의 시간에 빠지지 않았고, 가장 앞자리에 앉아 교수님들의 강의를 들었다. 내 옆자리에는 동기인 채일석신용보증재단 근무이 늘 함께했다.

2년의 공부를 마치고 마지막 과정으로 석사 졸업논문을 작성했다. 논문 제목은 「국내 중소제약기업의 경영효율성 분석」으로, 내가 가장 잘 아는 제약산업 관련 분야를 선택했다.

석사 동기들 모두 직장생활을 하는 처지다 보니 서로 격려하고 과제도 챙겨주었다. 바쁜 사회생활 속에서 배움에 대한 열정으로 모두 열심히 수업에 참석했다. 나는 경영학과 석사 과정에서 회장을 맡았다. 석사 졸업 후에도 주경야독畫耕夜讀하며 고생한 동기들과 인연을 이어가기 위해 계속 석사 동기 모임을 하고 있다.

열정적인 강의로 석사 과정 수업을 이끌어주신 존경하는 이계원 교수님, 오갑진 교수님, 이현철 교수님, 김종호 교수님, 황운용 교수님, 강성호 교수님, 서성호 교수님, 조윤형 교수님, 김문태 교수님, 정진철 교수님, 윤종록 교수님들께 특히 감사의 마음을 전합니다.

▲경영대학원 석사과정 입학식에서 앞줄 가운데

조선대학교 대학원 박사 과정

석사 과정 졸업 후, 조선대학교 대학원 경영학과 재무관리 전공으로 박사 과정에 바로 입학해서 공부를 시작했다. 회사 근무와 공부를 병행하는 것이 쉽지 않았지만, 회사 출장 때를 제외하고는 그 어떤 일이든 학교 수업을 1순위로 두었다. 석사 과정, 박사 과정 모두 성실하게 출석하고 열심히 공부하며 학업에 최선을 다했다고 자부한다.

경영학과를 선택한 학생들 대부분이 재무관리를 어려운 과목으로 생각해 인사나 마케팅을 전공으로 공부한다. 그러나 나는 상업고등학교 출신이고 대학교 학사 과정에서 회계학을 전공하였고 석사 과정도 경영대학원에서 경영학을 전공했다. 그동안 주로 일해온 회사 업무도 회계와 재무관리, 인사 업무였기 때문에 그런 일이 크게 어렵지 않았다. 그래서 전공으로 재무관리를, 부전공으로 인사관리와 마케팅을 선택했다.

박사 과정을 우수한 성적으로 이수하고 소논문과 졸업논문을 2년 동안 준비했다. '경제정의지수Korea Economic Justice Institute Index, KEJI Index를 이용한 실증연구 I', '5개 대기업업종이 다른 대기업의 설문조사에 기초한 실증연구 II'로 박사학위 논문을 준비했다.

지도교수님의 가르침대로 논문을 수정 보완했고, 논문 심사 기간 동안에도 다시 심사위원들의 지적 사항과 수정 지도 내용을 추가하면서 지도를 따랐다. 마지막으로 지도교수님의 최종 지도로 무사히 논문 심사를 마칠 수 있었다.

그리고 마침내 졸업 논문 「기업의 사회적 책임CSR 활동이 재무성과에 미치는 영향」으로 박사학위를 취득했다. 박사학위 과정에서 어려움도 있었지만, 교수님들의 가르침을 열심히 따르며 하나하나 극복할 수 있었다.

▲박사 졸업식

　최종 논문 발표 심사 후 세미나실을 나와 결과를 기다릴 때가 지금도 선명하게 기억난다. 그간 시간 내어 강의 들으며 힘들고 마음 고생한 일들이 주마등처럼 머릿속을 스치면서 긴장감이 최고조에 달했다. 그리고 다른 한편으로는 '이미 주사위는 던져졌다!' 하는 생각으로 시원한 마음이 들기도 했다.

　30분쯤 지났을까. 심사위원장님이 세미나실에서 나오시더니 밖에서 심사 결과를 초조하게 기다리는 나에게 다가와 두 손을 꼭 잡으셨다.

"양 박사님, 수고하셨습니다."

이 말씀에 나도 모르게 눈물이 주르륵 흘렀다.

논문 심사 과정 중에는 "ㅇㅇㅇ 학생, 들어오세요" 하다가, 마지막 심사위에서 학생의 논문이 통과되면 심사위원장님이 "ㅇ 박사님, 들어오세요"라고 한다는 말을 선배들로부터 익히 들어 알고 있던 터였다.

"교수님, 감사합니다."

꾸벅 인사를 드리고 심사위원장님과 함께 심사위원들이 앉아 있는 세미나실로 들어갔다.

"양 박사님, 축하합니다."

심사위원 모두 박수를 치며 박사학위 논문 합격을 축하해주었다.

이후 박사학위를 받는다는 소식을 듣고 고등학교 동문회장 정영균 선배와 문종호 사무총장 그리고 친구 신홍우가 회사를 방문했다. 바쁜 와중에 박사학위 축하 자리를 함께 해 준 분들께 감사의 말씀을 전한다.

또한 소식을 듣고, 서울에 사는 친구 김성찬은 축하 선물을 택배로 보내왔

▲박사학위를 받는다는 소식을 듣고 동문회 정영균 회장, 문종호 사무총장, 친구 신홍우 사무실 방문

다. 그동안 고마웠던 분들에게 선물하라며, 논문을 100부의 책으로 만들어 보낸 것이다. 같이 근무하는 임직원들도 깜짝 이벤트 선물로 축하해주었고, 류재선 고향 선배님은 축하 난화분을 보내주셨다. 부산에 살고 계신 류재일 선배님은 축하 난화분을 직접 가지고 광주 출장길에 내 사무실까지 방문해주셨다. 그분들께도 깊이 감사의 마음을 전한다.

국민은행 박기례 본부장님께서는 "경영학 박사 양승철"이라고 새긴 크리스털 명패를 주문 제작해서 직접 사무실로 들고 오셔서 감동을 주셨다. 또한 후배 장옥수 회계사도 멋진 축하 기념패를 만들어주었다.

사회 선후배님들과 친구들도 난화분을 보내어 축하를 전하고, 친구들도 전화와 메시지로 박사학위 취득을 함께 기뻐해주었다. 이 글을 통해 감사의 마음을 다시 한 번 전해본다.

특히나 고등학교 대선배이신 최은택 선배님은 나의 박사학위 소식을 동문 단체 톡방에 올려서 축하해주셨다. 부끄러울 정도로 높게 평가해 주신 최은택 선배님께 깊은 감사의 마음을 전한다.

> **26회 양승철 박사님!**
>
> 조선대학교 대학원에서 경영학 박사 학위를 취득 하신 것을 진심으로 축하 드립니다
> 명문 벌교 상업 고등학교의 자랑이며 大器晩成型 대기만성형의 입지전 적인 인물로서 자랑 스럽고 존경스럽 습니다
> 많은 모교 선후배님으로 부터 존경과 사랑을 듬뿍 받으시리라 생각합니다
> 동문님들에게 희망의 소식 기쁨의 소식 성공의 소식을 전하여 주셔서 벌교 상업고등학교 모교의 동문님들 에게 하면된다 꿈은 이루어 진다 노력이 재능이다 꿈꾸는 자만이 이룰 수 있다는 모범을 보여 주신 산 증인이라 생각합니다
> 박사학위를 취득 하시기 까지 수 많은 고난과 逆境역경 어려움을 참고 견디고 극복하여 이루어 내신 자기와의 싸움에서 이기신 참 삶의 證人증인 이시며 표본이라 생각합니다
> 모든 벌교상업 고등 학교의 동문과 가족 나아가 벌교 지역사회의 주민들에게도 희망과 용기를 주신 아름다운 소식을 다함께 주시는 주인공이 되신것을 한없이 축하 드립니다
> 늘 건강 하시고 행복 하시기를 간절히 기원드립니다
> 최은택 선배

▲고등학교 대선배이신 최은택 선배님께서 동문 단톡방에 축하의 글을 올려주셨다.

얼마 전 저녁 늦은 시간에 문종호 동문 사무총장에게서 전화가 왔다.

'무슨 일이지? 이 늦은 시간에…….'

전화를 받아 보니, 거하게 한잔 마신 후배의 기분 좋은 목소리가 들렸다.

"선배님, 아직 안 주무셨죠?"

"그럼. 아직 안 자고 있지."

"선배님, 벌교상고 많이 사랑합니까?"

뜬금없이 물었지만, 기분 좋은 목소리에 나도 웃으며 대답했다.

"당연히 벌교상고 많이 사랑하지."

"왜요?"

"벌교상고를 간 덕에 사랑하는 내 아내도 만났으니 더 특별하지 않겠나."

"네, 선배님! 기분 좋습니다."

그러더니 그날 총 동문 회장단 회의에 다녀온 이야기를 했다.

"오늘 재경 총동문 회장단 회의가 있었는데, 그 자리에서 동문 임원들이 벌교상고를 빛낸 올해 '자랑스러운 동문인상' 수상자로 선배님을 결정했습니다."

내가 더 공부하고 싶었고 나 자신의 가치Value를 높이기 위해 도전한 일이었는데, 뜻하지 않게 주위에서 이렇게 많은 축하를 받으니 감사할 따름이었다. 축하와 응원을 아끼지 않으신 모든 분들께 이 글을 통해 깊은 감사의 말씀을 드린다. 좋은 동문, 좋은 후배, 좋은 선배, 좋은 친구가 되도록, 더 열심히 살아갈 것을 약속하고 다짐해본다.

▲자랑스런 동문인상

만학의 꿈을 이뤄 박사학위를 취득하기까지, 공부할 수 있도록 믿어주고 아낌없이 지
원해주신 한국프라임제약㈜ 김대익 회장님께 이 글을 통해 큰 은혜, 감사의 마음을 전
해본다.

누구든 완벽할 수 없다. 나 역시 부족함이 있을 수 있다는 생각에, 그 부족한 것들을 채
워 가기 위해 하나하나 배우고, 깨닫고, 변화하면서 일해왔다. 그동안 배우고, 느끼고,
경험한 작은 지식이나마 회사 발전을 위해 쓰겠다고 다짐해본다.

03
나의 좌우명과
존경하는 인물

나의 좌우명

"나 자신의 모습은 생각하고 행동하는 그대로 결정된다."

"이 세상 모든 일은 사람들이 모여서 하는 일이라 불가능은 없다."

이것이 평소 나의 생활신조다.

그리고 가훈은 "크게 생각하고 크게 이루라" 이다.

 내 아이들에게

살아가면서 좋은 사람을 볼 줄 알아야 한다. 좋은 사람들을 곁에 두고 함께 세상을 살아가야 마음에 상처가 없고 행복하게 살아갈 수 있다.

첫째, 부모와 형제들이다.

내 몸보다 자식의 몸과 마음을 더 걱정하고, 자식을 위해 몸 바쳐 살아가는 것이 부모님의 삶이자 사랑이다. '내가 더 잘 살면 그때 부모님께 잘해드려야지' 하는 마음으로 살아왔는데, 그러다 보니 어느새 부모님은 내 곁을 떠나고 안 계셨다. 내가 부모가 되어서야 비로소 부모님의 진심을 알게 되었다.

또한 내가 기쁠 때, 내가 힘들 때, 진심으로 좋아해주고 함께 슬퍼해주는 사람이 내 형제다.

둘째, 사회에서 함께 일하는 동료들과 좋은 관계를 맺어야 한다. 그러기 위해 내가 먼저 넓게 생각하고, 마음 열고 배려하며 살아야 한다.

같은 목표를 갖고 같은 생각으로 가장 오랜 시간을 함께 보내는 사람이 직장 동료이며 동종업계 사람들이다. 그들에게 먼저 다가가 좋은 관계를 맺는 것이 중요하다. 그들은 내 성공에 가장 힘이 되는 사람들이다.

셋째, 친구는 가까운 곳에 많을 것 같지만 꼭 그렇지만은 않다. 친구와 동창을 구별할 줄 알아야 한다.

정말 내 마음과 같은 친구는 많지 않다. 내 마음과 한마음이 될 수 있는 좋은 친구가 오른손 손가락 수 정도 된다면 충분히 성공한 인생이다. 늦은 저녁, 새벽이라도, 아무 때나 전화했을 때 받아줄 수 있는 진실한 친구를 오른손 손가락 수만큼만 만들 수 있도록 살아라.

▲마음을 넓게 하고 하나에 목표를 크게 이루라는 뜻

존경하는 인물

 "존경하는 인물이 누구입니까?"하고 묻는다면, 나는 첫 번째로 구소련의 미하일 고르바초프 대통령을 손꼽는다. 소련의 공산주의를 해체하고 사회민주주의로 개혁했으며, 특히 냉전을 종식시킨 페레스트로이카가 가장 인상적인 인물이다.

 대한민국 내에서는, 민주화를 위해 평생 몸 바쳐 투쟁하고, 우리나라 대통령 중 처음으로 북한을 방문해 남북 평화의 초석을 마련한 김대중 대통령을 존경한다. 김대중 전 대통령은 요원할 것 같은 남북통일에 대한 희망을 주셨다.

 검찰개혁의 초석을 마련하고, 권위주의를 버린 채 서민에게 선뜻 다가오신 노무현 전 대통령도 존경한다.

 그리고 기업인으로는 "마누라와 자식 빼고 다 바꿔라"를 외치며 회사를 글로벌 최고 기업으로 성장시킨 삼성의 이건희 회장을 존경한다.

 또한 내 삶에서 가장 중요하고 소중했던 직장에도 존경하는 분이 계신다. 일을 할 때 내 마음과 달리 완벽하지 못하거나 가끔 실수할 때도 있었다. 이처럼 부족한 나를 믿고 인정해주신 한국프라임제약㈜ 김대익 회장님과, 첫 직장에서 모셨던 대한뉴팜㈜ 이완진 회장님을 가장 존경한다.

04

대한민국 정치를
바라보는 나의 생각

국민 모두가 직접 참여해서 정치를 할 수는 없지만, 국민 모두가 꼭 정치에 관심을 가져야 한다.

보수 언론과 가진 자, 기득권자들이 언론과 유착하고 선동해 국민의 귀와 눈을 속이고 있다. 이때 정치에 깊이 관심을 가지면 언론을 액면 그대로 믿지 않고 스스로 판단할 수 있는 눈이 생긴다. 출신 지역을 떠나, 생각이 올바른 정치인 그리고 서민을 섬길 수 있는 정치인이 누군지 잘 구별하고 판단해야 한다.

그리고 대한민국 국민이라면 반드시 선거에 참여해야 한다. 그래야 정치인이 국민을 무서워하고 올바른 정치를 할 것이다. 대한민국 정치가 국민을 섬기는 정치를 해야 국민의 삶이 행복해질 수 있다.

현대사에서 최고의 특혜 중 하나는 판·검사 공무원이 퇴임하면 변호사를 개업하는 것이 아닌가 싶다. 물론 그간 세무공무원도 퇴직하면 세무사 자격을 주었지만, 논란이 생기자 세무사 재시험을 치르도록 전환해 가고 있다.

그런데 아직까지도 판·검사들은 사직이나 퇴임을 하면 별다른 시험 없이 변호사를 개업할 수 있다. 그런 것 때문에 전 현직 판·검사의 연결 고리가 전관예우 등으로 나타나고, 사법부에 불공정이 존재하고 있다는 생각이다.

판사, 검사는 사법고시를 통해 공무원으로만 채용하고, 변호사는 변호사 시험제도를 통해 별도로 선별해야 한다는 생각이다. 대신 공무원인 판·검사는 특별직으로 급여를 충분히 보장해줌으로써 퇴임 후 명예를 얻고 퇴직금으로 살 수 있도록 국가가 보장해야 한다. 그렇게 하면 사법부를 어지럽히는 불공정의 뿌리가 뽑히고, 공정성이 확보될 수 있을 것이라 생각한다.

또한 현직 판·검사들이 퇴직 후 대형 로펌 등으로 입사를 하다 보니 대형 로펌과 판검사 사이에 커넥션이 있을 수밖에 없다. 사건 조사검사, 판결판사, 변호변호사 과정에서 정의를 바로 세우려면 사전 제도가 필요하다.

공무원 검찰이 정치를 하고, '검찰 권력'이란 말이 반드시 없어져야 한다. 대한민국이 공정한 사회를 만들려면 반드시 특혜를 없애야 한다는 생각이다.

정치인에게는 '정치 정년제'가 필요하다.

나이 들면 사람은 아집이 생기게 마련이다. 그래서 자기의 고집을 내세우고 타인의 충고를 들으려 하지 않는다. 자기 생각에 빠져 변화하지 않는다는 것이다.

그러므로 정치계에도 정년이 필요하다. 조금 더 머리 회전이 빠르고, 타협할 줄 알고, 현실적인 감각을 가진 젊은 세대가 배턴을 이어받는 것이 좋다고 생각한다.

모든 공직자와 기업 임직원에게도 정년이 있는데 정치하는 사람들만 예외라면 그것 또한 특혜라고 생각한다. 내가 생각하는 정치 정년은 65세다. 정치권에서 공정을 말하지만, 공정은 아직도 멀었다. 법을 만들고 집행하는 당사자들이 보이지 않는 곳에서 불공정한 일들을 벌이면서, 국민에게만 공정을 외치면 그게 무슨 소용인가. 진정한 공정이 이루어지려면 언론과 사법부의 완전개혁이 필요하다.

조국 전 법무부장관 사태를 보면서, 내 개인적인 생각에 조국은 무죄다. 또한 검찰은 직권을 남용했다는 생각이다. 가족 전체를 압수수색하고 일가의 신상을 탈탈 턴 것은 공정한 공무원으로서 부당했다.

판사, 검사, 언론을 개혁하지 않고 그들이 스스로 공정해지지 않는다면 국회와 국민이 나서서 공정한 대한민국을 반드시 만들어야 한다.

일부 언론 또한 각성과 변화가 필요하다. 추측성 보도, 일방적으로 보수 기득권 편에 서서 편파적으로 남발하는 보도는 국민의 귀와 눈을 기만하는 행위다. 이런 언론들이 올바른 목소리를 내려면 기자들의 철저한 역사의식과 사명감을 가져야 한다.

진실을 보도하고 언론은 중립을 지키려는 사명감을 가져야 한다. 지금의 언론 현실을 반성하고 개혁해야만 공정한 언론, 신뢰받는 언론으로 거듭날 수 있을 것이다. 언론 스스로 변화하지 않으면 이 또한 국회와 국민이 나서서 언론을 개혁하고, 편파 언론을 책임지고 퇴출시켜야 한다.

05

4차 산업혁명 그리고
비트코인에 대한 생각

4차 산업혁명 사회에 접어들면서 함께 이슈가 되었던 것이 블록체인block chain 기술과 가상화폐 비트코인bitcoin이다. 한때 검색창에 관련 키워드가 도배되고 국민들의 많은 관심을 받는 한편 혼란스럽게 만들기도 했다.

나는 '비트코인' , '이더리움' 등 전자화폐를 처음 접할 때 부정적인 생각이 강했다. 화폐라는 것은 기본적으로 국가나 국제 금융기관에서 공식으로 발행해야만 화폐로서 가치가 있다고 생각했기 때문이다. 또한 통화라는 것은 국내적으로나 국제적으로 통화량을 조절·관리할 수 있어야 하는데, 전자화폐는 발행자도 불분명한 데다가 계속 채굴할 수도 있다고 하니 화폐로서 인정할 수 없었던 것이다.

최초 발행자가 누구인지도 모르고, '가상'이란 말처럼 실체가 있는 것도 아니며, 가치가 하루에도 수십 배씩 폭등하고 폭락하니 이것은 분명 4차

산업혁명 시대 최고의 금융사기라는 생각까지 하게 되었다.

신용카드 사용, 현금 사용 후 현금영수증 발급을 하면 탈세를 줄여서 세금 원천을 충분히 확보할 수 있다. 신용카드를 사용하고 모바일뱅크를 이용하면 현금 없이도 충분히 생활이 가능한데 굳이 가상화폐까지 만들 필요가 뭐 있겠나, 싶은 생각도 있었다.

다행히 최근 대부분 국가에서 가상화폐라는 단어는 쓰지 않고 '블록체인을 기반으로 하는 가상금융자산' 이라는 새로운 용어를 사용하고 있다. 그 용어에 대한 정의는 올바른 것이라고 생각한다.

일부 언론에서는 금의 가치와 비교하기도 하고 여러 추측성 보도들도 있었으나, 결국 코인은 실물이 없기 때문에 가장 위험한 투자 자산이라고 할 수 있다. 또 투기성이 강해, 투자하는 사람들의 투자 방향에 따라 가격이 폭등과 폭락을 반복하므로 투자를 하는 사람은 각별히 주의를 해야 한다.

가상자산, 즉 코인에 투자하는 것은 개인의 생각과 판단이므로 모든 책임은 개인의 몫이다. 국가 책임을 거론하는 일부 사람들이 있는 것 같은데, 현재는 국가에서 관여할 수 있는 부분이 없다.

만약 국가가 가상자산 투자 수익에 과세를 한다면 그것이 가능하다. 그렇다면 코인을 중개 관리하는 거래소와 여러 종류 코인들에 대해 국가가 올바르게 거래될 수 있도록 관리해주어야 한다. 코인거래소 관리, 거래 중의 변칙 사기 등은 반드시 법적 제재를 가해 처벌하는 책임도 함께 가져야 한다.

단, 코인 가격 조정은 국가에서 관여해서도, 관여할 수도 없는 것이다. 코인에 투자하는 사람들은 돈을 잃어도 문제가 되지 않을 범위 내에서 여유자금을 가지고 해야 한다. 가상 금융자산에 투자하기 위해 무리해서 자금을 빌리고, 그것을 가지고 투자하는 것은 안 된다. 코인 투자가 그 어느 투자보다 위험하다는 생각을 늘 해야 할 것이다.

▲자랑스러운 한국인 대상 수상

06
신세대들의 생각에
공감해야 한다

2030세대 신세대 직원들은 '꼰대' 라 불리는 우리 기성세대와 달리 힘들고 어려운 일을 회피하려는 경향이 있다.

대표적인 예로, 1997년 외환위기 이후 우리나라 최고 대학으로 손꼽히는 서울대학교 학생들 중에서 공시생공무원 시험을 준비하는 학생이 늘어나고 있다고 한다. '공무원' 이라는 직업이 정년까지 안정적으로 일할 수 있는 직장이라고 생각하기 때문이다.

머리 좋고 실력 있는 학생들이 산업 전선에 뛰어들어 산업 발전에 창의적 · 창조적 · 혁신적으로 일해야 하는데 현실은 그렇지 않은 것이다. 그들은 워라밸일과 삶의 균형을 뜻하는 영어 work and life balance의 발음을 우리말로 줄여 만든 신조어을 원하고, 기성세대처럼 남들보다 일찍 출근하거나 퇴근시간이 지나서까지 일하려 하지 않는다. '칼출근', '칼퇴근' 을 하려는 것이 요즘 대부분 신세대의 생각이다.

지금 세대들은 높은 연봉과 승진보다는 마음 편하게 스스로 일하는 것을 선호한다. 그리고 신세대들 중 '평생직장'을 바라고 일하는 사람도 그렇게 많지 않아 보인다.

　기성세대는 신세대 젊은이들의 생각을 이해하려고 노력을 많이 해야 한다. 지금까지 자신이 살아온 삶의 방식을 그대로 직원들에게 가르치려 하고, 그들에게 '우리세대처럼 일하고 행동하라'고 하면 흔히 말하는 '꼰대'가 되고 마는 것이다.

　나는 꼰대가 되지 않기 위해 그들과 공감하고 소통하려고 많은 노력을 했다. 『90년생이 온다』임홍택 지음를 읽으면서, 신세대들의 마음과 행동 그리고 관심사를 알고 공감하기 위해 노력했다. 또한 존중받는 상사가 되기 위해 『소통의 기술』앨런 L. 와이너 지음 / 이선희 옮김, 『직장인의 마음사용법』남충희 지음 등 관련 책들을 수시로 읽었다.

　행여 내가 놓칠 수 있는 생각과 말, 행동을 돌아보며 신세대 직원들과 좋은 직장을 만들기 위해 소통과 공감에 애썼다. 그런 가운데 많은 것을 새롭게 느끼고 알 수 있었다. 무엇보다 그들의 생각을 이해하고, 그들과 생각을 같이하고, 그들과 한마음이 되는 것이 가장 중요하다.

　최근 회사 내 일부 부서장들이 젊은 세대 직원들과 소통·공감하지 못해 갈등을 겪는 것을 보았다. 지금 대부분의 부서장들은 '꼰대 세대'라 할 수 있는 기성세대 사람들이다. 그러다 보니 직원들을 일일이 챙기기보다 계획과 업무를 우선 처리해야 한다는 목표와 책임감이 더 강하다.

지시했던 일을 챙겨보는 과정에서, 부서장들이 조금 더 지혜로워질 필요가 있다. 부서장이나 상사가 업무에 깊이 관여해서 일방적으로 지시하는 조직에서는 직원들이 창의적으로 일을 할 수 없다. 그 일에 대한 중요성을 깨닫고 스스로 업무를 처리하도록 교육하는 것이 부서장이나 상사의 역할이다. 나 자신 또한 지금까지 그렇게 회사 생활을 해왔다.

우리 세대는 상사의 눈치를 보며 일을 했다. 어떤 때는 큰소리로 야단을 맞고, 심지어는 재떨이가 날아다닐 정도로 과격해지기도 했다. 상사의 기분에 따라 몇 시간이고 훈계나 지시를 들어야 할 때도 있었다.

하지만 지금 젊은 세대들은 우리 때처럼 해서는 절대 안 된다. 직원 스스로 업무 목표를 세우도록 하고 부서장은 목표를 사전에 보고 받아서 점검해야 한다. 이때 목표가 부족한 것으로 판단되면, 그 직원과 면담하면서 부족한 부분을 충분히 설명하고 목표를 조정해준다. 그런 다음 스스로 목표를 달성할 수 있도록 책임을 맡겨 주면서 일을 해가야 한다.

일일이 간섭하기보다는, 개개인이 스스로 목표를 세운 뒤 그 목표를 달성할 수 있도록 지지해주는 것이 중요하다.

부서장이나 상사들은 반드시 권위주의를 버려야 한다. 부서원이나 조직원이 해결하지 못한 것이 있으면 편하게 이야기하고, 같이 해결해나갈 수 있는 상사가 되어야 한다. 그리고 사전 약속 없이 부서 회식이나 등산, 체육 활동 등 단체 활동도 자제해야 한다.

그들의 생각을 읽고 충분히 교감하면서, 우리 꼰대 세대가 노력해야 하는 부분도 분명히 있다.

신세대 역시 노력해야 한다. 자기가 맡고 있는 일들을 꼼꼼하게 챙겨서 미리미리 처리하고, 상사가 찾기 전에 보고하고, 일의 데이터를 만들어 분석하면서 자기 관리를 해야 한다.

또 조직 문화를 이해하려는 노력이 분명 필요하고 아주 중요하다. 조직마다 문화가 있기 때문에, 그 문화를 이해하고 존중할 필요가 있다. 조직문화는 기성세대와 신세대가 교감하고 공감하는 방식으로 변해가야 한다.

기성세대를 '꼰대' 라는 색안경을 쓰고 바라보는 일도 없었으면 한다. 기성세대는 지금보다 훨씬 어려운 환경과 조건에서 일했던 사회 선배다. 그들의 경험과 삶의 방식을 존중하고 공감·소통한다면 훨씬 마음 편하게 일할 수 있을 것이다.

회사 조직에서 기성세대나 신세대나 결국 목표는 하나다. 조직은 같은 목표를 가지고 일하는 집단이기 때문에 서로 존중하고 배려해야 한다. 조직 구성원들이 한마음이 되어야 그 조직이 성공할 수 있다.

그러므로 조직 속에서 신세대들도 꼰대들의 생각을 이해하려 해야 하고 꼰대 기성세대들도 신세대 문화 특성들을 알고 존중해주는 것이 좋다. 또 회사에서 내게 뭔가를 해주길 바라기보다는, 내가 열심히 일하고 노력해서 성과를 내면 분명히 회사에서 그만큼 보상해줄 것이라는 믿음을 가져야 한다.

07

술에 대하여

술은 마시지 않는 것보다 적당히 즐기는 것이 좋다.

나는 술을 좋아하지 않았고, 사실 30대 중반까지 거의 술을 먹지 않았다. 직장 회식에서나 친구들을 만났을 때 분위기를 맞추려고 술잔만 받아 가지고 있었다. 어쩔 수 없이 마신다고 해도 맥주 한두 잔 정도가 전부였다. 그 정도만 마셔도 온몸이 벌겋게 달아올라서 술이 나에게 맞지 않는다고 생각하면서 살았다.

그러다 30대 후반에 형제들의 교통사고를 겪었고, 이후 저녁마다 잠자리에만 들면 형제들 생각에 잠을 이룰 수 없었다. 그래서 잠을 자기 위해 술을 한 잔씩 스스로 먹기 시작했다.

처음에는 맥주 한 병을 마시면 곯아떨어져서 잠을 잘 수 있었으나, 6개월 정도 시간이 흐르니 한 병으로는 깊게 잠들지 않아 두 병을 먹고 잠을 청하곤 했다. 이렇게 술에 취해서야 잠을 이룰 수 있었다.

이런 일을 계기로 술을 알게 되었다. 예전에는 '술을 왜 먹나' 싶었는데, 내가 술을 마시면서 보니 '아, 술은 취하기 위해서 먹는 거구나' 하는 생각이 들었다. 술을 알게 되고 한 잔씩 하면서 직장 동료들, 친구들과도 술자리를 자주 가지게 되었다. 술을 마시면 맑은 정신으로 쉽게 하지 못한 어려운 이야기를 술을 곁들여 편하게 말할 수 있고, 기분도 더 좋아진다.

그러나 술을 절제할 줄 알아야 하고, 과음은 절대 하지 말아야 한다. 술자리를 갖다 보면 일부 사람들은 술을 절제하지 못해 다음 날 후회를 한다. 흔한 말로 "술이 사람을 먹는다"고 할 정도로 '2차, 3차' 하면서 계속 자리를 바꾸면서 술을 먹자고 한다.

술은 필요한 순간, 삶의 윤활유가 될 때가 있다. 나는 지금도 술을 많이 먹지는 않지만 분위기나 상황에 따라 마다하지 않는다. 주로 맥주를 마시며, 거의 대부분 '1차에서 끝낸다'는 것이 술을 마시면서 한 나와의 약속이다. 그래서 1차에서 내 주량만 먹고 상대가 권해도 더 이상 과음을 하지 않는다.

오랫동안 그러다 보니, 함께 술자리를 하는 사람들도 내 술 먹는 스타일을 알게 되어 더 이상 술을 권하지 않고, 지금은 술자리가 편해진 것 같다.

술은 대인관계에서 친구도 만들고 살아갈 때 분명 활력소가 된다. 그러나 절대 과음하지 말아야 한다. 본인 스스로 주량을 알고 그 이상은 마시지 않도록 절제하는 습관을 가져야 한다.

그리고 술은 한 자리에서 충분히 마시고 2차, 3차까지 가지 않는 습관을 만들어야 한다. 특히 술은 기분 좋을 때 마시고, 기분이 나쁠 때는 절대 술을 삼가라.

전 동문회 회장 임병학 선배님을 추모하며

바쁘게 살면서, 고마웠던 선배를 잊고 지냈다. 지난해 어느 날 문득 생각이 나서 선배님을 찾았으나, 그 인자하시고 좋은 선배님은 먼 길 떠나시고 안 계셨다. 그 소식을 듣고 너무나 아쉬웠다.

벌교상고 동문회 회장직을 맡고 계실 때 후배들과 동문들에게 정답게 사랑으로 잘 대해 주시던 선배님이었다. 나 또한 감사함을 가지고 있었고 그 마음을 충분해 전하지 못했는데, 이 세상에 안 계시다는 소식을 들으니 안타까웠다.

임병학 회장님은 내 평생 고마움을 간직해야 할 분들 가운데 한 분이

시다. 그분이 동문회 회장으로 활동하실 때 벌교상고 동문회가 가장 활성화되지 않았나 생각한다.

당시 사무총장이셨던 김영균 선배와 함께 동문들의 애경사를 직접 챙기시며 전국을 누비셨다. 동문회 발전을 위해서 누구보다 열정적으로 열심히 활동해주셨다.

나 또한 그때 감사함을 잊을 수가 없다.

부모님이 돌아가시고 마음이 힘들 때마다 임병학 회장님은 김영균 사무총장과 함께 방문하시어 위로의 말씀을 해주시곤 했다. 그 다정한 모습이 항상 고마움으로 나에 가슴속에 남아 있다.

그동안 정신없이 바쁘게 살면서 고마운 선배님을 잊고 살다가, 이 글을 쓰면서 문득 떠올라 임병학 선배님을 찾았는데 이미 늦고 말았다. 지난해 박사학위를 받은 내 소식과 안부를 전하고, 그동안 찾아뵙지 못해서 죄송하다는 말씀을 드리고 싶었는데 전하지 못했다. 내 마음을 충분히 전하지 못했는데 벌써 돌아가셨다고 하니 많이 서운했다.

늦게나마 임병학 선배님을 진심으로 추모하며, 감사의 마음을 이제라도 전해본다.

08

가장 중요한
제2의 인생 노후

이렇게 자서전을 쓰면서 어린 시절부터 살아온 과거 추억들을 돌아보며 크게 느껴지는 것은 이렇다. "인생은 짧다. 우리의 삶은 순간이다." 어릴 적 추억부터 초등학교, 중학교, 고등학교, 이후 군대생활과 결혼하고 가정을 이루고 가장으로서 사회 속에 뛰어들어 바쁘게 살아오며 지금까지의 시간이 한순간으로 느껴진다.

치열한 경쟁사회 속에서 살아오며 대부분 시간은 내가 결혼하고 내 아이들이 태어나 한 가정을 이루고 내가 이룬 가족을 지키기 위해 나를 버리고 열심히 살아야만 했던 것 같다.

우리 세대에 모든 가장들이 그렇게 살아왔듯이 나 역시 자신의 편안함보다는 결혼하고 이룬 사랑하는 가족의 울타리를 지키기 위해 남편으로서, 아버지로서, 가장으로서 항상 하나하나 목표를 두고 살아왔다.

살아오면서 나는 생활신조로 "나 자신의 모습은 생각하고 행동하는 그대로 결정된다" 라고 스스로 세우고 한순간도 잊지 않고 노력하며 힘든 과정들을 이겨내며 나 자신의 가치Value를 높여야 하는 것이 가장 중요하다고 생각하고 살아왔다.

그렇게 열심히 앞만 보고 뛰며 살다보니 어느새 이제 일반적으로 사회에서 퇴임해야 하는 나이 60대에 놓여 있게 되었다.

요즘 수명이 길어져 100세 시대라고 말하지만 자신의 건강 또한 철저하게 관리해야 하고 선천적으로 타고난 건강이 밑바탕이 되지 않는다면 100세 시대는 쉬운 것이 아니라 생각이 든다.

이제 60대가 되어 생각되는 것이 제2의 인생이라는 노후생활이 가장 중요하다는 생각을 가지게 되었다.

일반적으로 60대 중반에 경제활동에서 퇴임하고 나를 위해 노후를 즐긴다고 해도 내가 스스로 운전을 할 수 있고 움직일 수 있어야 하고 내 의사에 따라 가고 싶은 곳, 먹고 싶은 것, 하고 싶은 일들을 스스로 할 수 있을 때 까지가 진정한 인생이라 생각한다.

그렇게 할 수 있는 나이가 80대라고 보면 누구나 나를 위해서 살아갈 수 있는 가장 소중한 시간은 15년이다. 가장 소중하고 가장 중요한 노후 인생을 우리는 철저하게 준비해야 한다고 생각한다.

우리 부모님 세대는 죽는 날까지 움직일 수 있는 한 자신을 위해 즐기기 보다는 가족을 위해 일만 하셨던 것 같다. 그래서 그분들을 보면서 한 번 뿐인 인생, 우리의 행복한 인생을 위해서 적당한 소일거리는 가질 수 도 있겠지만 어느 순간 건강할 때 경제활동을 위한 일은 과감하게 멈출 필요도 있다고 생각한다.

그리고 자기 자신보다는 가족을 위해 열심히 지금까지 살아오며 자신이 놓치고 살아온 인생, 삶의 여유, 휴식이 필요하다는 생각이다.

이제는 경제활동보다는 나 자신과 함께 살아온 아내와 함께 마음의 여유를 가지고 하고 싶었던 취미활동, 여행, 봉사활동 등으로 삶의 여유를 가지고 즐기는 것이 가장 중요하다고 생각한다.

특히나 노후 설계가 가장 중요하다. 건강할 때 경제활동을 멈추고 퇴임하고 나서 아침에 일어나 건강을 위한 운동부터 하루 일과계획, 한 달 계획, 1년 계획을 잘 설계하고 준비하는 것이 가장 중요하다는 생각이다.

노후 설계가 되지 않아 아침에 일어나 계획이 없이 "오늘은 무엇을 할까?" 하게 된다면 퇴임 후 노후는 정말 힘들고 지루할 수 있다고 생각한다. 충분히 노후 설계를 잘해야 노후시간이 알차고 특히나 건강을 해치지 않고 유지할 수 있으리라 생각한다.

내가 생각하는 노후 설계에 중요한 것은?

건강을 위한 정기적인 운동과 휴식, 취미활동, 소일거리, 가까운 지인 친구들과 소통, 풍경여행, 역사기행, 맛있는 음식여행, 봉사활동봉사단체 가입, 꾸준한 공부관심분야 배우기, 책읽기, 쓰기 등으로 생각하고 있다.

노후는 생각보다 빠르게 다가오는 것 같다. 우리가 살아가면서 제2의 인생이라는 노후가 가장 중요하고 소중한 시간이다. 노후 일과 시간 설계를 지금부터 생각하고 차근차근 준비해보는 것도 좋을 것이다.

2부

나의 고향
그리고
부모님과 형제들

01

평범한 농촌 마을인
내 고향 벌교

내가 태어난 곳은 전형적인 농촌 마을이다. '농촌' 혹은 '시골' 하면 떠오르는 이미지 그대로다. 마을 뒤로는 세 개의 봉우리가 우뚝 솟은 노강산이 자리하고, 들판 건너 동쪽에는 벌교 제석산이 있다. 이밖에 벌교 부용산, 낙안 금정산, 낙성 백이산이 마을을 둘러싸고 분지를 형성한다. 우리 마을에서 내려다보면 고읍들판과 낙안들판이 넓고 시원하게 펼쳐져 있어서, 한마디로 살기 좋은 마을이다.

먹고사는 것이 풍족하지는 않았지만, 옛날부터 넓은 들판 덕분에 그래도 부족하지는 않았을 것으로 생각된다. 드넓은 가을 들판은 항상 누렇게 벼가 익어 펼쳐지고, 겨울에는 보리가 파랗게 자라곤 했다. 보리싹으로 보리떡도 해먹었고 된장국에 보리싹을 넣어끓여 먹던 기억도 있다.

모내기철이 되면 동네 어르신들이 모여서 못줄을 따라 모를 심으셨다.

▲오른쪽이 낙성 백이산, 왼쪽이 고읍 노강산(삼봉산)

▲고향마을 뒤 언덕에서 바라본 앞 들판과 벌교 제석산 모습

　명절 때면 가끔 동네 어르신들이 모여 돼지를 잡아서 온 동네 사람들에게 조금씩 나누어주었다. 아버지가 돼지고기를 새끼줄에 매달아 가져오시면 어머니는 그 싱싱한 돼지고기로 김치찌개를 끓이셨다. 그렇게 먹었던 김치찌개가 내 평생 가장 맛있었던 것 같다. 지금도 그때 그 김치찌개 맛이 그립다.

우리 마을에서는 특수작물로 대마를 재배했다. 요즘 우리가 생각하는 대마초는 마약이지만, 우리 어린 시절에는 그것이 마약이라는 것을 전혀 몰랐다. 대마는 그냥 시골에서 심어 키우는 작물의 일종으로만 생각했다.

대마 수확 시기에는 잎을 제거하고 대마를 진흙으로 덮어서 가마동굴을 만든 뒤, 장작불을 지펴 그 불로 대마를 쪘다. 그렇게 잘 쪄서 질겨진 대마 껍질을 이용해 실을 만들었고, 제릅대삼(麻) 껍질을 벗긴 속대의 방언로는 울타리를 만들거나 애들이 가지고 놀 장난감을 만들었다.

대마 실을 가지고 어머니가 베틀에 앉아 삼베를 짜고, 그 삼베로 삼베옷을 만들던 기억이 새롭다.

밭농사로 한때는 목화를 심어 목화솜 이불도 만들었다. 하지만 밭에는 주로 겨울 김장용 배추와 상추, 고구마, 하지감자, 가지, 토란, 마늘, 대파, 쪽파, 부추, 고추 등을 심었다. 필요한 음식 재료는 밭에 심어 기르고, 그것을 거둬 밥을 지었다.

내가 어릴 적에 할머께서는 누에치기를 하셨다. 누에는 뽕나무 잎을 먹고 자랐다. 누에 애벌레가 자라서 허옇게 고치를 틀면, 그 고치를 풀어서 실크 실을 만들었다. 고치에서 실을 풀고 나면 애벌레만 남는데 그것이 우리가 알고 있는 번데기다. 할머니가 덕분에 우리는 어릴 때 번데기를 간식으로 많이 먹었다.

그런 전형적인 농촌에서 농사를 지으며 평생을 사신 아버지와 어머니는 누구보다 성실하고 부지런하셨다. 항상 아침 일찍 일어나서 소풀을 지게 가득 짊어지고 들어오시던 아버지의 모습이 생생하게 남아 있다.

그 시절에는 집집마다 소와 돼지를 키웠다. 소는 농사일을 거들었기 때문에, 소 한 마리는 집안의 큰 재산으로 취급받았다. 소는 쟁기를 끌어서 논과 밭을 정리해주었고, 달구지를 끌어서 무거운 짐을 운반해주기도 했다. 그리고 새끼를 낳으면 그 송아지 한 마리가 집안의 든든한 살림 밑천이 되었다. 그러니 소가 얼마나 소중한 재산이었겠는가?

돼지 역시 소중한 집안 재산이었다. 돼지는 새끼를 한꺼번에 여러 마리를 낳는다. 돼지는 주로 잔반과 쌀겨, 호박, 감자 등을 먹고 자랐다. 돼지 또한 생활비에 보탬이 되는 큰 재산이었다.

생활에 필요해서 동물들을 키우는 것이긴 하지만, 아버지는 특히나 동물들을 사랑하셨다. 여름이면 소와 돼지가 더울까 봐 소막외양간의 방언과 돼지막돼지우리의 방언에 선풍기를 설치해 시원하게 틀어 주시곤 했다.

나 역시 초등학교 시절 학교가 끝나 집으로 돌아오면 소 풀을 먹이기 위해 소를 몰고 동네 친구, 후배, 형들과 마을 뒷산에 올랐다. 이것이 여름날의 일상이었다. 산에 오르면 소들을 풀어두고 온 산을 놀이터 삼아 동네 아이들과 함께 뛰어놀았다.

비석치기, 구슬치기, 개작대기 놀이, 술래잡기, 나이 따먹기, 신발차기, 딱지치기, 연날리기 등 돌멩이 하나, 구슬 한 줌만 가지고도 온종일 재미있게 놀곤 했다.

하지만 초등학교 고학년이 되면서 좀 달라졌다. 소풀을 먹이기 위해 산에 오르는 것은 여전했지만, 대신 망태를 하나 짊어지고 올라가서 소가 풀을 뜯는 동안 나도 소풀을 망태기 가득 베어 어깨에 지고 내려와야 했다. 여름이면 동네 저수지에 나가 저수지를 가로지르며 마음껏 수영하면서 무더위를 이겨냈다. 그리고 겨울이 되어 저수지에 얼음이 두껍게 얼면 나무로 썰매를 만들어 타고 놀았다.

02
부모님은 같은 마을에서
만나 결혼하셨다

삶의 뿌리

　내 고향 벌교읍 고읍리 1구 마을은 버들 류유: 柳씨들이 주로 모여 살고, 고읍리 2구담 안 마을 쪽에는 순천 박順天 朴 씨가 주로 모여 사는 집성촌이었다. 마을에서 유일하게 우리만 양버들 양, 청주 양, 淸州 楊 씨 성으로, 할아버지 할머니 때부터 지금 고향 마을에 정착해 살아왔다.

　가까운 곳에는 벌교읍 마동리 마을에 청주 양淸州 楊 씨 보성파 집성촌이 있어서 어렸을 때 아버지를 따라 마동마을 친척집에 가끔 놀러가기도 했다. 그때는 어르신들 산소도 마동마을 주변에 있어 설과 추석 때는 어김없이 마동마을을 다녔던 기억이 있다.

　할아버지께서는 내가 너무 어릴 때 돌아가셔서 내 기억 속에 추억이 남아 있지 않다. 할머니께서는 순천 박順天 朴 씨로 키는 작으셨으나 부지런하셨다. 항상 깔끔하게 옷을 차려 입으셨고, 당차고 야무지셨다.

할머니께서는 손자 손녀들 생일이면 항상 새벽에 일어나서 머리를 감고 마을 우물에서 정화수를 떠오셨다. 그리고 쌀을 가득 채운 밥그릇 위에 촛불을 켜서 정화수와 같이 상에 올린 뒤 '백살경百殺經' 이라는 기도문을 읽으셨다.

한 번 읽으신 뒤 성냥개비를 하나 두고, 또 읽으신 뒤 하나 두고, 또 읽으시고……. 그렇게 한 시간 동안 열 번 정도를 소리내어 읽으셨다. 그 정성스러운 모습이 생생하게 떠오른다. 이 글을 쓰면서 "손자 손녀들 건강하게 살아가라"고 정성들이시던 할머니의 그 특별한 사랑에 새삼 콧등이 시큰해진다.

항상 손자 손녀들을 가장 사랑해주시고, 내가 군에 입대하고 첫 휴가 나왔을 때 마당까지 뛰어 나오셔서 '고생했다'며 꼭 안아주시던 할머니 모습도 생생하게 기억 속에 남아 있다. 그리고 할머니께서는 살아생전 동네 처녀총각들 중매를 많이 해주셨다는 이야기를 들었다.

외할아버지는 버들 류유: 柳씨로 4남 1녀를 두셨는데, 그중 내 어머니는 장녀로 태어나셨다. 고명딸이다 보니 외할머니께서는 딸을 멀리 시집보내기 싫다고, 같은 마을에 사는 성실하고 부지런한 장정인 내 아버지를 일찌감치 사윗감으로 점지하셨다.

이렇게 외할머니와 할머니의 합의로 두 분의 혼사가 이루어졌다고 한다. 가까운 곳에 친정이 있어, 살아가는 동안 어머니에게는 큰 힘이 되었으리

라 생각이 든다.

외할머니는 하나뿐인 딸을 극진히 아끼고 사랑하셨다. 그리고 우리가 외가에 놀러 가면 항상 반갑게 맞아주시며 이것저것 간식거리를 챙겨주셨다.

외할아버지, 외할머니는 내가 어릴 때 돌아가셨고, 지금 고향 마을 외가에는 큰삼촌이 살고 계신다.

▲군 입대 전에 할머니와 함께 찍은 사진

아버지의 깊은 사랑

아버지, 어머니는 어려운 살림살이지만 그래도 자식들을 고생시키지 않으려고 노력하셨다. 아무리 힘에 부쳐도 자식들에게 논일이나 밭일 등 힘든 일은 절대 시키지 않으셨다.

"열심히 공부해야 아버지처럼 농사지으며 고생하지 않는다."

기억 속에 아버지는 항상 공부를 열심히 하라고 말씀하셨다. 언젠가는 마당에서 지붕에 올릴 이엉을 만드는 일을 하실 때, 밥상을 마루로 가져다가 나를 앉힌 뒤 소리 내어 책을 읽도록 하셨다.

사회에 나와서 직장생활을 하고 있을 때 '농번기라 일손이 달리니, 주말에는 형이랑 내려와서 일을 좀 도와라' 하셔서 내려가면, 그때마다 힘든 일은 이미 다 해놓으시고 잔일만 남겨두셨다.

"저희가 올 때까지 조금만 기다리시지, 힘들게 왜 혼자 다 하셨어요?"

그렇게 여쭤보면, 아버지 대신 어머니가 대답을 해주셨다.

"아버지가 너희들한테 '내려와서 일 좀 도와라' 하고 말씀하시지만, 정말 일 도와달라고 부르셨겠니? 얼굴 한 번 보고 싶어서 그러시는 거지. 너희들 온다고 하면, 직장 다니느라 힘들다고 먼저 일 다 해놓고 기다리시는 거야."

항상 그랬다.

당신은 힘드셔도 힘들다 말씀하지 않고, 농번기에 일을 도우러 가면 허드렛일만 시키셨다. 당신이 배우지 못해 농사일을 하니, 자식들만은 많이 가르쳐서 힘들지 않게 살도록 하겠다는 생각이 무척이나 강한 분이셨다. 그래서 농사철에도 공부만 하라고 말씀하셨고, 힘든 농사일은 자식들을 시키지 않으려 하셨다.

소나기 내리면 어머니 사랑이 그립다

우리 집과 내가 다니는 학교까지는 꽤 먼 길이었다. 학교에서 집으로 돌아오는 길에 소나기라도 내리면 어쩔 수 없이 그 비를 다 맞고 집으로 돌아와야 했다. 그런 날은 가방 속에 든 책까지 비에 흠뻑 젖어 들러붙는 일도 빈번했다.

어느 날인가, 수업 도중에 갑자기 비가 내려 집으로 돌아갈 걱정을 하고 있는데 창밖에 우산을 들고 서서 기다리시는 어머니의 모습이 보였다. 그날 말고도, 수업 중에 비가 오면 어머니는 우산을 들고 학교 창밖에 서서 기다리시는 날이 많았다.

나이를 먹은 지금도 소나기가 내리는 날이면 그때 어머니의 그 모습이 생각난다. 그립고 고마운 어머니, 자식에게 사랑만 주신 그런 어머니의 자식이라서 행복했다.

어릴 때부터 보아왔던 어머니는 넉넉하지 못한 살림살이 속에서도 항상 나누고 베푸는 것을 좋아하셨다.

어머니는 친척이나 이웃에 살던 사람이 먼 곳으로 시집 장가가서 살다가 잠깐 고향에 놀러오면, 그들의 아이들을 그냥 보내는 법이 없으셨다. 어디선가 꾸깃꾸깃 구겨진 돈을 꺼내 아이들 손에 용돈을 쥐어서 보내곤 하셨다.

내가 농번기에 일손을 도우러 내려가면 어머니는 막걸리 몇 병, 병맥주 한 박스를 냉장고에 사 넣어두고 가라고 하셨다. 아버지 어머니는 술도 안 드시는데 왜 막걸리에 맥주까지 챙기셨을까 궁금했다. 한편으로는, '어머니가 동네 분들과 농번기 품앗이로 함께 일하실 때 한잔씩 드시나?' 하는 생각도 했다.

그런데 그 이유를 나중에 동네 후배를 통해서 알게 되었다.

주말이라 내가 고향집에 가서 정원 만들기를 하고 있는데, 동네 후배가 지나가다가 집에 들어오더니 대뜸 "형님, 시원한 맥주 한 잔 주시오" 했다. 나는 웃으며 장난으로 대답했다.

"시원한 맥주 없는데!"

"형님 어머니 살아계실 때는 농번기에 고생한다고, 지나가면 일부러 불러서 시원한 맥주를 내주시곤 했는데, 어머니가 안 계시니 그런 것도 없나 보네."

후배의 이야기를 듣고 그때서야 알았다.

"그랬구나. 이제는 알았으니 내가 언제든 시원한 맥주 줄 테니. 지나가다나 있으면 언제든 시원한 맥주 먹으러 오시게. 알았지?"

나는 일하는 것을 멈추고 냉장고 시원한 맥주를 가져와 후배와 마주앉아 한잔 했다. 우리 어머니는 남들에게 베풀기를 좋아하는 그런 분이셨다.

아프고 힘든 일이 있어도 자식들이 걱정할까봐 돌아가실 때까지 한 번도 자식들에게 말씀한 적이 없으시다. 당신보다는 자식과 이웃을 먼저 생각하고 베풀기를 다 하셨다.

나도 그런 어머니를 많이 닮았다. 어머니 아들이니 그렇게 어머니처럼 친구나 이웃에

▲[가보] 고향집 창고정리 중에 발견한 어머니 손때 묻은 손재봉틀

게 베풀며 살고 있고 더 베풀며 살아가려 한다. 분명 나는 어머니로부터 배려하고 베푸는 마음을 물려받았다고 생각한다.

사회생활을 하면서 나보다 어렵게 사는 친구를 보면 그 친구의 지갑에 용돈을 살짝 넣어두기도 했다. 많은 금액은 아니지만 상황에 따라 최소 십만 원 정도, 그런 경우가 몇 번 있었다. 그리고 상황에 따라 "너에게 친구로서 용돈 한번 주고 싶다"고 하며 직접 용돈을 챙겨주었던 적도 있다.

어느 날은 택시를 잡으려고 기다리는 중에, 할머니 한 분이 과일 파는 노점상 아저씨 옆에 쪼그리고 앉아 이야기하는 것을 우연히 듣게 되었다.

"그러니까 할머니, 매월 20일만 기다리시는 거네요?"

"그래. 그날 되면 나라에서 통장으로 20만 원을 딱 넣어줘."

"그럼 그 20만 원이 할머니 한 달 생활비이자 용돈이신 거예요?"

"그렇지. 그걸로 한 달 동안 먹고살아야지."

수더분하게 일상을 나누시는 그 할머니의 모습에서 갑자기 돌아가신 할머니와 어머니 생각이 났다. 택시 잡는 일을 잠시 멈추고 그 할머니께 다가갔다.

"할머니, 괜찮으시다면 제가 용돈 좀 드리고 싶습니다."

지갑에서 5만 원짜리 지폐를 꺼내 할머니께 드렸다.

"적지만, 여기 과일 좀 사서 드시고 용돈 하세요."

할머니는 반색하면서 그 돈을 받으셨다.

"어이구, 누구신데 나한테 용돈을 다 주시고⋯⋯. 세상에나! 감사해요."

바로 택시가 와서 "건강하세요, 할머니!" 인사를 하고 택시에 올라탔다. 택시 밖으로 과일 파는 아저씨와 할머니의 말소리가 들렸다.

"요즘도 저렇게 인정 많은 분들이 있네."

또 내 좋은 친구가 순천에서 직업으로 택시 운전을 하고 있다. 택시를 타면 그 친구 생각이 나서 항상 거스름돈은 받지 않는 습관이 있다.

이런 작은 것들이 내가 살아오면서 어머니에게 배운, 남에게 베풀고 배려하는 마음이 아닌가 싶다. 앞으로도 주위에 작은 것이라도 나누고 베풀며 살아가려 한다.

03

형제자매들과의 추억

부모님은 슬하에 4남 2녀를 두셨다. 가장 먼저 누나가 태어났고 다음으로 내 위의 형님이 태어났다. 형님은 갓난아이 때 큰아버지 댁에 양자로 가셨다. 큰아버지 네는 아들 없이 딸만 한 명 있다 보니 할머니께서 데려가셨다고 한다. 지금이야 이해할 수 없는 일이지만 당시에는 그런 일이 종종 있었다.

어머니는 배 아파 낳은 자식을 키우지도 못한 채 양자로 보내고 나서 늘 마음에 걸리셨던 것 같다. 그래서 살면서 형님에게 마음을 더 주고, 더 많이 챙기셨던 것 같다.

나는 어렸을 때 형님이 큰집으로 양자로 갔던 상황을 잘 모르고 살다가, 커가면서 자연스럽게 알게 되었다. 어릴 때는 누나도 큰집에서 거의 살다시피 했던 것으로 기억한다. 언젠가 누나에게서 그런 이야기를 듣고 기억이 떠올랐다. 할머니께서 누나도 어린 시절에 큰집으로 가서 큰아버지 딸로 살도록 했던 것이다.

그러나 성장기에는 형과 옆집으로 가까이 살았기에 내 기억 속에는 누나, 형과 동생 둘, 막내 여동생과의 모든 추억이 고스란히 남아 있다. 특히 형과는 같은 고등학교를 다녔기에 학창시절 추억도 많다.

사회에 나와서 군 입대 전까지, 내가 처음 서울로 상경해 사회 초년생으로 서울 생활을 할 때도 형과 한집에 살면서 동고동락했다. 그때 세무사 사무실 사무장으로 근무하던 신정호 선배와도 함께 생활했다.

형님은 술은 거의 드시지 않았고 군것질을 좋아했다. 특히 겨울에는 찐빵을 좋아해서 전자밥솥에 찐빵을 넣어두고 겨울밤 간식으로 먹곤 했다. 형님이 준비해준 밥도 같이 먹고 함께 생활했던 추억 등이 많이 남아 있다.

내 바로 아래 동생은 고등학교를 졸업하고 육군에 입대해 결혼했다. 직업 군인으로 근무하며 경기도 파주 쪽 포대에서 상사로 20년 정도를 재직했다. 제수씨는 동생이 같은 고등학교 동창으로 만나 연애 끝에 결혼을 했고 딸을 둘 두었다.

막내 남동생은 나름 공부를 잘해서 중학교 때 전학년 학생회장을 맡았으며 광주 서석고등학교를 다녔다. 이후 독학으로 부천에 있는 전문대학을 졸업하고, 개인 사업으로 안산에서 인쇄소를 경영했다.

형제들을 먼저 떠나보내고 이후 부모님까지 세상을 떠나신 뒤, 가족이라는 가장 포근했던 마음의 울타리가 산산조각이 난 느낌이었다. 그래도 부모님, 형제들을 잊지 않고 기억하고, 추억하고, 우리 가족 역사를 함께 공유할 수 있는 누나와 여동생이 있어 다행이라 생각한다.

그러다 보니 부모님 돌아가시고 부모님에 대한 추억, 형제들에 대한 추억을 공유하고 있는 누나에게 많은 의지를 하며 살았다. 지금은 누나를 엄마로 생각하고, 좋은 일이든 힘든 일이든 가장 먼저 전할 수 있는 사람이기에 누나를 잘 모시려 노력하고 있다.

04
내 형제들의
교통사고

어느 새벽의 황망한 사고

1995년 12월경이었던 것 같다. 토요일 아침, 특근을 위해 출근 준비를 하다가 형제들의 사고 소식을 들었다.

그날 큰집 누나사촌누나의 딸조카 결혼식이 있었는데 나는 회사 연말정산 시기라서 결혼식에 참석하지 못했고, 형님 승용차에 형, 형수, 조카, 남동생 두 명, 이렇게 다섯 명이 타고서 새벽부터 서둘러 가는 길이었다.

내 바로 아래 동생은 직업 군인상사으로 근무하고 있었다. 동생은 그 전날 매년 실시하는 군사훈련팀 스피리트 훈련을 마치고, 결혼식에 참석하기 위해 휴가를 얻어 형님 집으로 갔다. 형님 댁으로 가기 전에 동생은 우리 집에 들러 저녁식사를 함께했다. 나는 조카 결혼 축의금을 대신 전해달라며 동생 편에 전했다.

막내 동생은 안산에서 인쇄소를 경영하고 있었는데, 일이 늦게 끝나는 바람에 우리 집에 들르지 못한 채 곧바로 형님 댁으로 간다고 전화 통화만 했다.

그렇게 동생 둘이 형님^{당시 한국화재보험협회 근무} 댁으로 가서 삼형제가 만났다. 형수님과 조카까지, 다섯 명이 한 차에 타고 새벽같이 경부고속도로를 달렸다.

사고는 청주 옥산휴게소 부근에서 일어났다.

경부고속도로에서 서울 방향으로 달리던 화물차 운전자가 졸음운전으로 중앙분리대를 들이받았는데, 이때 화물차에 실려 있던 화물^{차량 미션커버}이 하행선으로 쏟아지면서 일어난 큰 사고였다.

그 시각 부근을 달리던 차들은 도로로 넘어온 차량 미션커버에 걸려 갓길에 정차하는 등 도로가 엉망이 되었다. 형님 차 또한 그 차량 미션커버에 앞바퀴가 걸려 타이어에 펑크가 났다. 순간 차량이 급회전하면서 갓길에 정차해 있던 화물트럭과 충돌했다. 그 사고로 차에 타고 있던 일가족 모두 현장에서 사망하고 말았다. 당시 9시 메인 첫 뉴스로 나왔고 다음 날 신문마다 대서특필할 정도로 큰 사고였다.

이 사건으로 인해 임시 갓길 차량 주차가 금지되었으며, 화물 차량의 경우 화물에 커버를 꼭 씌우도록 도로교통법이 강화되었다. 법을 바꿀 계기가 될 만큼 큰 사건이었다.

부모님은 세 아들과 큰며느리, 손자까지, 다섯 명의 가족을 하루아침에 잃고 가슴이 뻥 뚫린 채로 평생을 사셨다. 희망 없이 사시는 부모님의 모습을 곁에서 지켜보면서, 자식 된 도리로서 나의 마음 또한 갈기갈기 찢어졌다.

그날 사고 현장으로 달려오는 차 안에서 어머니께서 얼마나 눈물을 흘리셨는지, '엄마 눈물이 수건을 흥건히 적셔, 젖은 손수건을 짜고 짜도 눈물이 마르지 않더라' 라는 얘기를 동행했던 누나로부터 들었다. 이 사건은 평범하고 행복했던 우리 가족과 나의 일상을 송두리째 바꾸어놓았다.

나는 혼자 남아 형님과 동생들의 상을 치르고 사고 처리와 뒷정리를 하면서, 형제들 생각에 많이 울기도 했다. 내가 동생에게 대신 전해달라고 주었던 결혼 축의금 봉투와 돈은 피로 물들어 있었다.

사고 수습 이후에도 법적 뒤처리, 사망신고 처리와 사고 차량을 상대로 한 피해소송 등, 관련 서류를 만들고 필요한 서류를 발급받기 위해 삼형제가 근무했던 근무지 이곳저곳을 뛰어다녔다. 그러면서 다시금 형제들 생각에 혼자서 얼마나 눈물 훔치며 다녔는지 아무도 모른다.

상을 치르는 동안 함께해 주었던 선배와 친구

갑작스런 사고로 정신없이 상을 치르는 동안, 내 곁에서 위로해 주고 아픔과 슬픔을 함께해 준 좋은 사람들이 있었다. 그동안 바쁘게 사느라 내가 잊고 있었던 것 같다.

이 글을 쓰면서 그때 가장 힘이 되어주고 고마웠던 고등학교 신정호 선배와 친구 김용훈에게 깊은 감사의 마음을 전한다. 두 사람은 병원에서 상을 치르는 동안 정신이 없는 내 곁에서 이것저것 조언하고 챙겨주며 큰 힘이 되었다.

나는 형제들을 고향땅으로 모시고 가서 산소라도 마련해주려고 했다. 그렇게 하면 내가 외롭고 보고플 때 산소라도 찾아가 술 한 잔 따라 놓고 아쉬움을 달랠 수 있을 것 같았다. 그런데 주변 어르신들께서 만류하셨다. 부모님이 아직 살아계시는 고향으로 모시면 부모님 가슴을 더 아플 것이라는 의견이 많아 결국 화장을 하기로 결정했다.

청주에서 가까운 화장터까지 가는 길에 신정호 선배와 김용훈 친구가 동행해주었다. 그리고 형제들의 유해를 함께 뿌리며 영면하길 빌어 주었다. 마음과 몸이 지칠 대로 지쳐 힘들어하는 나를 달래며, 마지막 장례 절차까지 챙겨주었다.

충북대학교 대학병원에서 상을 치르는 동안 내내 슬픔을 함께하고 위로해주었던 신정호 선배와 김용훈 친구에게 늦게나마 고마움과 감사의 마음을 전해본다.

이후 형제들을 추모하기 위해 고향 산소에 형제들 이름을 새긴 비석을 세웠다. 그리고 형제들 생각이 날 때면 비석 앞에 찾아가 소주 한 잔 따라 올리며 추모하고 있다.

외롭고 힘들 때마다 약해지지 않기 위해 형제들을 찾았다. 그리고 내가 더욱 열심히 살아서 무너진 우리 가족을 반드시 일으켜 세우겠다고 형제들 앞에서 다짐하곤 했다.

사고 후 이야기들

형님은 일가족이 사고를 당했고, 두 동생들에게는 남은 가족이 있었다. 내 바로 아래 동생은 군 생활을 20년 넘게 한 직업군인으로, 딸이 둘 있었다. 막내 동생은 결혼은 했으나 슬하에 자녀가 없었다.

사고 수습을 하면서, 바로 아래 동생은 당연히 순직 처리가 되어 그나마 연금이 나오면 제수씨와 조카들이 살아갈 수 있으리라는 생각을 했다.

"제수씨, 사건은 이미 일어났고 이제는 제수씨라도 정신 차리고 조카들을 잘 키워갈 생각을 하셔야지요. 동생 순직 신청하면 연금이 나올 테니 서류 챙겨서 신청하세요."

그렇게 슬픔에 잠긴 제수씨를 위로하고 달랬다.

그런데 며칠 후 제수씨에게서 전화가 왔다. 보훈처에 순직 관련 서류를 제출했는데 반려되었다는 것이었다.

내용을 알아보니, 군인이 휴가를 갈 때는 휴가명령서에 목적지를 기재하도록 되어 있는데, 이때 목적지로 곧바로 가는 교통편을 이용하다가 사고가 났을 때만 순직 처리가 된다는 것이었다. 그런데 휴가 목적지가 조카 결혼식장인 진주인 것은 맞지만, 동생은 형님 댁인 인천을 거쳐 형님 차로 갔기 때문에 다른 경유지가 발생해 순직 처리가 안 된다고 했다. 만약 순직 처리가 되지 않으면 제수씨와 조카딸 둘이 앞으로 살아갈 길이 막막하다 보니 걱정이 이루 말할 수 없었다.

동생은 사고 전날까지 군인으로서 팀 스피리트 훈련에 참가했고, 특히나 훈련을 훌륭하게 해낸 공로를 인정받아 사단장 표창까지 받고 돌아왔다. 휴가 목적지로 가기 위해 형님 댁에 들러 함께 자가용을 이용했을 뿐인데, 그 이유만으로 순직 처리되지 않는다는 것이 이해되지 않았다.

분명 해결 방법이 있을 거라는 생각이 들었다. 희망을 가지고 여기저기 알아보던 중, 어느 분이 '국무총리 행정조정실에서 그런 민원을 처리하고 있으니 찾아가 상담해보라' 는 조언을 해주었다.

나는 곧바로 서울 광화문 세종로에 있던 정부청사 국무총리 산하 행정조정실을 찾아갔다. 국무총리 행정조정실에 문의를 했더니 군 민원 행정조정을 담당하는 분을 소개해주었다.

대위 군복을 입고 계신 군 민원 행정관에게 사건 경위와 내용을 자세히 설명했다. 그리고 '조카딸 둘을 제수씨가 홀로 키우며 살아가야 하는데 생활비가 걱정된다' 며 '좋은 방법이 없겠느냐' 고 호소했다. 잘 살펴달라고 사정을 하면서 나도 모르게 그분 앞에서 눈물이 주르르 흘렀다.

이야기를 차분히 듣던 행정관은 이런저런 얘기를 하면서 위로를 해주었다. 그러나 '사정은 딱하지만 순직 처리는 어려울 것 같다' 며 안타까워했다. 그러던 중 갑자기 무엇인가 생각이 났는지 "잠깐만요" 하더니 자리에서 일어나 서재에서 책을 꺼내 한참 동안 무엇인가를 찾았다.

"아! 여기 있습니다. 이 판례를 참고로 제출하면 될 수도 있을 것 같습니다."

행정관은 판례 부분을 복사해 나에게 주었다.

"이것을 첨부해서 보훈처에 신청하면 될 것 같습니다. 비슷한 사건의 판례입니다."

"감사합니다. 이렇게 도와주셔서 감사합니다."

거듭 감사 인사를 하고 나와 그 길로 제수씨에게 판례 서류를 전했다. 변호사를 통해 판례를 첨부해 보훈청에 제출한 결과 다행히 동생은 순직으로 처리되었다. 이후 동생은 대전 현충원 국립묘지에 안장되었고, 연금이 나오는 덕분에 제수씨와 조카들의 경제 문제가 조금이나마 해결되어 한숨 돌릴 수 있었다.

교통사고 뒤처리가 마무리될 무렵, 부모님에게서 연락이 왔다. 막내 동생의 제수씨가 본인 짐을 고향집으로 보내왔다고 했다. 자식 잃고 힘드실 시부모님을 모시고 1년이라도 함께 살다가 떠나든지 하겠다고 했다는 것이다.

나는 반대를 했다.

"안 됩니다. 제수씨는 나이가 젊은데 새 출발 해야죠. 서운하더라도 지금 보내야지, 살다가 다시 떠나보내려면 더 마음 아프고 힘들 겁니다. 그러니 처음부터 정을 떼는 것이 좋습니다."

부모님께 그렇게 말씀드리고, 곧바로 제수씨에게 전화를 했다.

"제수씨, 착한 그 마음, 정말 감사합니다. 그렇지만 이다음에 다시 헤어지려면 우리 가족들, 특히 부모님이 또다시 힘드실 겁니다. 그러니 마음 아프더라도 지금 헤어지는 것이 제수씨에게도, 우리에게도 모두 좋습니다."

다행히 제수씨도 나의 진심을 알고 받아주었다. 나는 고향집으로 가서 제수씨의 이삿짐을 모두 되돌려보냈다. 그때 나, 부모님도 서운하고 많이 아팠지만 그것이 젊은 제수씨를 위한 일이라고 냉정하게 판단했다. 그때 그 허전하고 가슴 아팠던 순간이 다시 떠올라 마음이 아리다.

이후 가해 차량에 대한 보상 문제도 내가 변호사를 선임해서 일을 잘 처리했다. 제수씨 두 분의 몫을 그대로 챙겨서 생활에 도움이 되도록 했으며, 사고 이후 모든 일처리를 다 마무리했다.

이 사건으로 인해 잠자리에 들면 형제들과의 추억이 떠올라 잠을 이루지 못했다. 나는 잠들기 위해 술을 한 잔씩 마셨고, 그때 술을 알게 되었다. 그때마다 마음속으로 눈물을 삼키며 다짐했다. 더 열심히 살며 형제들 몫까지 부족함 없도록 살아가겠다고 다짐하고.

05

그래도
세월은 흐른다

형제들 생각에 선배들을 찾았다

살아가며 좋은 일이 있을 때나 마음이 힘들 때면 가장 먼저 부모님과 형제들 생각이 났다. 잊어 보려고 많은 노력을 하며 살았지만, 좋은 일이든 힘든 일이든, 가슴속에 있는 부모 형제들이 자꾸 생각나고 잊히지 않았다.

그래서 나는 부모님이 돌아가시고 15년이 넘는 동안 부모님 영정을 고향 안방에 모시고 있었다. 그리고 고향집에 갈 때마다 영정 앞에 소주 한 잔 따르고 인사를 드렸다. 부모님이 가지고 살아오신 뜻을 한 가지도 놓치지 않고, 하나하나 다 받들면서 열심히 살겠다고 다짐하며 그동안 살아왔다.

최근에 친구가 우연히 집에 방문해 술을 한 잔하는데, "이제는 부모님 영정 상을 내려도 되지 않을까? 네가 부모님 생각하면서 살아온 세월, 그만큼

이면 충분하다"라며 마음을 다독여 주었다.

나는 아내와 상의해 부모님 영정 상을 내리는 것이 좋다고 판단하고 15년 만에 영정 상을 내렸다.

형님과 동생들 생각이 날 때면 형제들 이름이 새겨진 비석 앞에 가서 마음을 달래곤 했다. 특히나 어린 시절은 물론 서울에서 첫 사회생활을 시작할 때 동고동락했던 형님과의 추억이 많았기에 형님 생각이 많이 났다.

다행히 형님과 함께 성장기를 보내고 고등학교 시절부터 가까이 지냈던 형님 친구들인 김근옥 선배, 신정호 선배와 연락이 되고, 또한 같은 마을 박완규, 류은선, 류재선 선배님들은 고향을 오가며 가끔 뵙기도 한다. 형 생각이 날 때면 추억을 나눌 수 있는 선배들을 볼 수 있어 그나마 다행이라 생각한다. 가능하면 이제라도 자주 찾아뵙고 술이라도 한 잔 나누면서 추억하며 살아가려고 한다.

또한 벌교에는 내가 존경하는 신정식 선배가 있어서 가끔 찾아뵙고 안부인사를 가끔 드리고 있다. 내가 형님에게 받기만 하고 돌려드리지 못한 사랑을 살아계신 선배들께 드리며 살까 한다. 그동안 가슴속에 묻어두었던 그리움과 아픔을 이제부터라도 하나하나 떨쳐내며 살아가려 한다.

긴 편지로 부모님께 내 사랑을 전했다

형제들의 사고 이후 몇 년이 지나, 부모님께서 '나중에 퇴임하면 내려와서 편하게 살아라'고 하시며 고향집에 새집을 지어 주셨다.

나를 위해 새로 집을 지어 주신 부모님께 감사한 마음을 담아, 자식 셋을 한꺼번에 잃고 많이 힘드셨을 그 마음을 헤아리며, 부모님께 편지를 썼다. 차근차근 마음을 담아 쓰다 보니 다섯 장의 긴 편지가 되었다.

편지에 솔직한 내 심경을 담았다. 하루아침에 자식을 잃고도 그 아픔을 표현하지 않고 속으로 삭이시는 고통을 내가 충분히 알고 있다는 것, 새로 집을 지어주셔서 감사하다는 것, 그동안 자식들을 위해 평생 희생하며 살아오신 것에 대한 고마움, 낳아서 키우고 가르쳐주신 크나큰 은혜에 대한 감사의 마음 등을 편지에 담았다.

부모님 돌아가시고 지금 생각해보니, 그때 그 편지를 통해 부모님께 내 마음을 그대로 전할 수 있어서 정말 다행이라는 생각이 든다. 감사하고, 사랑하는 마음을 부모님 살아생전에 전했으니까 말이다.

아버지께서는 편지를 읽는 내내 많은 눈물을 보이시며, "승철이가 내 마음속에 들어왔다 간 것처럼 다 알고 있고, 알아주어서 고맙네. 다행이야"라고 어머께 말씀하셨다고 한다. 그리고 어머니에게 "우리가 건강하게 살아야 승철이에게도 힘이 된다"고 하셨다는 말씀을 어머니에게전 들었다.

자식들 먼저 보내고 아팠을 마음을 다른 자식들에게 꼭꼭 숨기시고 꿋꿋하게, 강하게 살아내신 부모님. 힘들어도 힘들다는 말 한마디 안 하시고, 몸이 아파도 아프다는 말씀을 안 하시고 사셨던 부모님. 자식들에게 걱정

안 끼치려고 참고 지내신 그 사랑, 그 마음을 알기에 오늘도 나는 그 뜻을 받들기 위해 열심히 살아가고 있다.

내 아이들에게

부모님이 천년만년 살아 계실 것 같지만, 지금 너희들이 생각하는 것처럼 결코 그렇지 않다.

지금 조금 힘들어도 꼭 시간 되는 대로 부모님 찾아뵙고, 해드리고 싶은 것을 마음속에만 간직하지 말고 그대로, 마음껏 전해라. 자식들 키우느라 당신들 몸은 돌보지 않아 지치고 외로운 그분들에게 힘을 주고 사랑을 자주자주 전해 주어야 한다.

그분들 곁에서는 항상 아이처럼 애교도 부리고, 재롱도 떨어보고……. 자식들 키우느라 잔주름이 가득한 부모님 얼굴에 행복한 미소를 가득 안겨드리면서 살아가야 한다.

'더 좋은 날, 더 좋은 선물 해드려야지.'

'더 좋은 날 찾아뵈어야지.'

절대로 그러지 말아라. 부모님 생각이 나면 지금 당장, 언제든 모든 일을 접고, 부모님이 계시는 그곳으로 달려가라. 부모님은 자식들이 언제 어느 때 찾아오든 '잘 왔다, 아가야!' 하면서 너희들을 반겨주실 것이다.

부모님은 더 좋은 날, 더 잘 사는 날까지 천년만년 기다려주지 못한다. 부모님께 사랑을 전할 수 있는 지금 당장, 사랑하는 마음을 전하며 살아라.

특히 살아가며 한 번쯤은 부모님의 은혜와 사랑에 대한 감사를 손편지로 전해드려라.

06

주말마다 고향집을 찾아
아버지 정원을 만들었다

자식들에게 아낌없이 사랑만 주시고, 어느 날 마지막 인사도 못 한 채 부모님은 훌쩍 떠나셨다. 텅 빈 고향집을 보면서, 그 허전함과 부모님에 대한 그리움을 채우기 위해 고향집에 정원을 만들기로 마음먹었다. 그리고 고향집 마당을 나무로 한 그루 한 그루씩 채워나갔다.

유난히 꽃을 좋아하시던 아버지와 어머니를 생각하며, 2008년 봄부터 금요일이면 퇴근하고 주말을 이용해 정원을 만들기 시작했다. 매주 금요일마다 나무 한 그루씩 구입해 고향집 마당에 심고 가꾸며, 부모님 떠나신 허전함을 정원수와 꽃나무로 채워나갔다.

원래 마당은 두터운 콘크리트로 덮여 있었다. 그러던 것을, 정원을 가꾸기 위해 순천 공구상에서 콘크리트 카트기와 전동드릴을 빌려와서 콘크리트를 깨고 걷어냈다. 그리고 그 위에 마사토를 두툼하게 깔고 소나무와 꽃나무를 심었다. 정원 만들기를 딱히 배운 적은 없지만 인터넷 카페 등에 가

▲아버지정원 "봉래정원"을 완공한 기념석

봉래정원(鳳來庭園) / 시인 이령

子양승철이 父 양봉래, 母 류정순님께 바치는 書

봉황이 품은 제석산 아래
고음마실 우물가 순 하디 순한 버들가지를 보겠네.
깃을 베긴 수양의 잎에 기낀 버들치의 눈망울엔
맑운지정이 붉새 일 듯 일렁이네.

장독대 정화수에 여섯 남매 얼굴 띄어놓고
무병장수 빌고 또 빌던 내 어머니
육자배기 구성진 가락에 세상시름 덜어놓고
금지옥엽 자식 빈듯하게 키워주신 내 아버지

백화요란(百花搖亂) 봄이 오고
하충어빙(夏蟲語氷) 여름 지나
추월한강(秋月寒江) 가을 지고
설중송백(雪中松柏) 겨울 와도

노강산 고음들판 보다 높고 넓은 사랑
부모님의 그 정을 어이 다 잊으리까.
못다 갚을 불초의 이 애달픈 심사
이생을 다 걸어도 어이 다 갚으리까.

초로에 닿아 부모님의 무량 은혜 헤아리니
봉황이 마을 품듯 버들가지가 순한 잎을 내어주듯
순한 부모가 순한 자식을 얻는다는
내리사랑 새기고 또 새기며
시인의 고향땅에 봉황(鳳凰)이 남아들 정원(庭園)을 담습니다.

입하여 눈으로 배우며 머릿속으로 구상하면서 하나씩 만들어갔다.

주말을 이용해 정원 만들기를 시작한 지 어느새 7년, 2016년 1월 드디어 정원이 완성되었다. 정원 한쪽에 아버지정원봉래정원 기념석도 놓았다. 주말마다 편히 쉬지도 못 하고 힘들게 땀 흘리며 콘크리트 걷어내고, 마사토 깔고, 이곳저곳 정원수 농원 돌아다니며 나무 하나하나 골라 심으면서도 '아버지정원 만들기' 라는 목표가 있었기에 몸은 힘들었어도 항상 마음은 즐거웠다.

지금은 완성된 정원의 나무를 다듬고 관리하면서 주말을 고향집에서 보내고 있다. 아버지정원은 이제 나와 가족의 가장 편안한 휴식처가 되었다.

3부

사랑하는 아내와
보석같은
내 아이들

01

평생의 반려를
만나다

첫눈에 마음을 빼앗은 단발머리 여학생

학원에 등록하던 날, 학원에서는 새로 등록한 학생들을 위한 조촐한 환영 파티를 열어 주었다. 과자, 콜라, 사이다를 두고 기존에 다니던 학생들과 새로 등록한 학생들이 만나 이야기를 하는 자리였는데, 이곳에서 지금의 아내를 만났다. 아내도 이날 학원에 처음 등록을 했던 것이다.

파티 탁자에서 내 자리 바로 건너편에 앉아 있는 여학생에게 마음을 빼앗기고 말았다. 단정한 단발머리와 큰 눈, 작고 예쁜 얼굴이 한눈에 들어왔다. 주체할 수 없을 만큼 설레서, 내가 첫눈에 그 여학생에게 반했다는 것을 느낄 수 있었다.

파티 중 용기를 내어 맛있는 과자가 놓인 쟁반을 그 여학생 앞으로 밀어 주고 과자도 챙겨주면서 내 마음을 살짝 전했다. 그날의 설렘은 사춘기를 겪어본 사람이면 모두 잘 알 것이다.

이후 아내와 같은 동네에 살면서 같은 학원에 다니는 미애 선배를 통해 그 여학생의 집주소를 알게 되었다. 그날부터 계속 그 여학생에게 편지를 보내서 좋아하는 내 마음을 전했다. 그때는 전화기도 흔치 않던 시절이라 주로 편지를 써서 마음을 전하고 소통을 했다.

그렇게 우리는 고등학교 1학년 때 커플이 되었고, 내가 군대를 제대한 뒤 이른 25세에 결혼을 했다.

아내가 본 내 인상은, 말수가 적고 무뚝뚝해 보이지만 모든 일에 적극적인 모습이 매력적이었다고 한다.

그 시절 고등학생의 연애라고 해봤자, 학교 끝나고 여자 친구와 만나 빵집에서 빵이나 튀김을 먹으며 이야기 나누거나 가끔 중국집에 가서 짜장면, 볶음밥을 먹는 것이 전부였다.

요즘 고등학교 커플들은 팔짱도 끼고 심지어는 길가에서 껴안고 뽀뽀도 하지만, 우리 때는 남학생과 여학생이 같이 걷는 것만 봐도 사람들이 이상한 눈초리를 보냈다. 그래서 남녀 학생이 사귀는 것은 절대 비밀이어야 했던 시절이다.

고등학교 학창시절, 아내를 만날 때는 곁에 항상 아내의 친구 김영자가 동행해 주었다. 가끔 일요일에 시골 우리 집으로 놀러올 때도 같이 와주었고, 늘 아내 곁에서 함께해 주었다.

하지만 영자는 결혼하고 아이를 출산하는 과정에서 잘못되어, 30대에 너무 일찍 우리 곁을 떠났다.

이 글을 쓰면서 친구 김영자에게 '항상 내 아내의 친구로 함께 추억을 만들어 주어 고마웠다' 고 마음을 전한다. 마음 넉넉하고 착했던, 좋은 친구 김영자……. 잠시 그 친구의 명복을 빌어본다.

아내 친구들의 장난

언젠가 아내 친구들이 과역 친구네 집으로 놀러 간다고 해서, 여학생들 사이에 끼어 과역까지 갔던 기억이 난다. 전부 여학생이었고 남자는 나 혼자뿐이었다. 그날 과역저수지 주변을 산책하던 아득한 기억도 되살아난다.

그날 벌교로 돌아와 아내 친구들과 최순미의 자취방에서 함께 놀다가, 여학생들 틈에 끼어 한방에서 잠을 자게 되었다. 한참 잠을 자고 있는데 아내의 친구들이 나를 흔들어 깨웠다. 아내가 아프니까 읍내 나가서 까스명수와 배탈약을 사오라는 것이었다.

나는 잠결에 뛰어서 벌교 읍내 약국을 찾아갔다. 하지만 이미 늦은 밤이어서 약국 문이 모두 닫혀 있었다. 나는 벌교역 앞 약국 셔터를 인정사정없이 두드렸다. 그 소리에 잠에서 깬 약사가 다행히 밖으로 나와 배탈약과 까스명수를 주었다.

약을 사들고 달려왔더니 아내가 집밖에서 나를 기다리고 있었다.

"정란아, 많이 아파?"

그런데 아내 표정이 전혀 아픈 사람 같지 않았다. 그때 친구들이 나타나 박수를 치고 난리가 났다. 그제야 내가 속은 것을 알았다. 친구들이 장난삼아 나를 시험한 것이었다.

'과연 이 시간에, 약국 문이 닫혔는데도 약을 사올까?'

그 미션을 두고 여학생들끼리 장난을 한 것이다. 그런데 내가 약국 문을 두드려 약사를 깨워서까지 약을 사왔으니, 일단 친구들의 시험에는 합격한 셈이다.

다음 날 아내 친구들이랑 함께 배 농장을 하는 친구네 배 밭으로 놀러갔던 추억도 잠깐 스친다.

그 시절을 되돌아보며 '어디서 그런 용기가 났을까?' 생각해 보니, 그 여학생들 틈에 끼어 과역까지 따라간 것도, 또 아내 친구 최순미의 자취방에

서 다섯 명 정도 되는 여학생들 틈에 끼어서 잠을 잘 수 있었던 것도 내가 아내를 정말 많이 좋아했기에 가능했던 것 같다.

장인어른과의 첫 만남

고등학교 2학년 2학기 겨울방학 때로

◀아내의 고등학교 시절 친구들. 아랫줄 오른쪽이 아내

기억한다. 어느 날 아내가 자취방에 놀러왔는데, 아내 아버지가 내 자취방으로 찾아오셨다.

아버님은 내 자취방에 오시기 전에 친구 김영자네 집에 먼저 들르셔서 영자를 통해 내 자취방 위치를 물어 알고 오셨는데, 영자가 재빨리 이 소식을 먼저 알려줘서 아내는 자취방을 떠난 뒤였다.

"양승철 학생이 누구야? 잠깐 보자."

아내와 편지를 주고받았기 때문에, 아버님과 어머님은 나를 직접 만나지는 못했지만 존재를 이미 알고 계셨다.

"제가 양승철입니다."

후다닥 달려나가 신발을 신고 인사를 드렸다.

"안녕하십니까, 처음 뵙겠습니다!"

아버님은 다른 고등학교에서 음악 선생님으로 교편을 잡고 계신, 조점수 선생님이셨다. 아버님은 집 밖 벌교천 둑에 나를 세워두고 길게 훈시를 하셨다. 훈시 내용은 '지금은 학생이니 열심히 공부를 해야지, 이렇게 남학생 여학생이 만나고 하면 안 된다' 는 말씀이셨다.

한참 훈시를 듣다가, 지금 확실히 내가 뭔가를 보여줘야겠다는 생각이 들었다. 결혼해서 한 여자를 책임질 수 있는 강하고 믿음직한 남자라는 것, 따님을 힘들지 않게 하겠다는 것, 따님을 많이 사랑하고 있다는 것을 지금 전해야 한다는 생각에 아버님 앞에 무릎을 꿇었다. 그리고 남자답게 당당하게 말했다.

"아버님, 오늘 집에 가시더라도 정란이를 혼내지 마십시오. 정란이는 잘 못한 게 없습니다. 제가 먼저 만나자고 했고, 제가 좋아해서 만나고 있습니다. 절대 정란이랑 나쁜 행동은 안 하고 건전하게 친구로 사귀고 있습니다. 공부도 열심히 합니다. 아버님 말씀대로 열심히 공부하고 이다음에 군대 다녀와서 확실하게 직장 잡은 다음, 정식으로 찾아뵙겠습니다."

이날의 용기가 아버님께 통했는지, 훗날 아버님은 어머님과 아내에게 "승철이가 그래도 남자답더라"라고 하셨다고 한다.

결혼 이후에도 장인어르신은 사위로서 나를 믿고 항상 응원해주셨다.

결혼과 큰아들의 탄생

1984년 10월, 서울에 올라와 첫 직장에 입사해 직장생활을 시작했다. 그리고 다음 해인 1985년 8월, 영등포구 신길동에 있는 성애병원에서 우리 큰아들이 건강하게 태어났다. 같은 해 11월 24일, 큰아들 백일 무렵에 우리는 순천에서 양가 친인척을 모시고 결혼식을 올렸다.

이날 결혼식 사회는 고등학교 동창생인 이승학 친구가 맡아 주었고, 이동할 때 차 운전은 이순기 친구가 해주었다. 그날의 추억이 아련히 떠올라 피식 웃음이 난다.

우리가 결혼식을 하는 날, 큰아이가 태어난 지 백일 정도밖에 안 되다 보니 아이를 두고 신혼여행은 떠날 수가 없었다. 그래서 그날은 순천 관광호

텔에서 큰아들과 우리 부부가 함께 하루를 보내고, 신혼여행은 아이들을 잘 키운 뒤 결혼 10주년이 될 때 가기로 약속했다.

그 약속대로, 우리는 결혼 10주년 때 제주도로 신혼여행 같은 여행을 다녀왔다. 그때는 첫째에 이어 둘째까지 있었지만 장모님께서 두 아이를 돌봐주신다고 하여 마음을 놓을 수 있었다.

▲결혼10년 후 때늦은 제주도 신혼여행에서

02

감사하오,
내 아내!

나를 응원하고 내 곁을 지켜 준 아내

　나는 서울에서 아이들을 키우고 살아가는 평범한 가장이
요, 직장인이었다. 직장생활을 하면서도 세무사 되기를 목표로 학원을 다니
면서 공부를 했다. 그러던 어느 날 갑작스런 교통사고로 형제를 모두 잃었
고, 이후 서울 생활을 접은 뒤 부모님이 계신 고향과 가까운 광주로 생활권
을 옮겼다. 광주에 내려와 생활하는 동안 부모님이 세상을 떠나셨고, 이런
저런 슬픔을 견디며 나는 스스로를 다독거리며 모든 것을 이겨내야 했다.

　갑작스러운 형제들의 교통사고 이후 부모님이 돌아가시기까지, 힘든 일
을 한꺼번에 겪었다. 그러나 내게는 아내와 아이들이 있었기에, 쓰러지지
않기 위해 나 자신을 관리하며 일에 매달려 열심히 살았다. 회사일과 공부
를 열심히 하며 나 자신의 가치를 올리고 노력하다 보면 언젠가는 지금의

마음의 아픔들을 이겨내고 성공할 수 있으리라 생각했다.

부모 형제들 몫까지 열심히 살아야 한다는 나만의 기준으로, 스스로 만든 책임감과 압박감을 가지고 숨 가쁘게 달려왔다. 그런 압박감 속에 살면서 가슴속 깊이 맺힌 이야기를 이렇게 글로나마 쓰고 나니 마음이 후련하다. 그간 마음을 짓누르던 무거운 짐을 하나하나 내려놓는 느낌이다.

어느 여름날, 자식을 잃고 힘드신 부모님을 모시고 아내와 같이 경주 불국사에 갔다. 해인사 앞에 있는 나무 그늘 아래서 차를 한 잔 마시며 잠시 쉬고 있는데, 아버지께서 우리 부부에게 먼저 말씀을 꺼내셨다.

"너, 퇴임하면 고향으로 내려와서 살 거냐?"

우리는 당연히 그럴 생각이었다. 지금의 집터예전에는 논이었던 자리에 내 손으로 집을 지어 부모님과 함께 살겠다고 말씀을 드린 적도 있었다.

"당연히 부모님 계시는 고향으로 가서 살아야지요."

시원시원하게 대답을 하자 아버지께서는, "그럼 내가 새로 집을 지어주마" 하셨다. 그리고 여행에서 돌아오자마자 아버지는 바로 집을 짓기 시작하셨다.

새 집을 지어 아들에게 주셨던 그 마음을 알기에, 부모님 돌아가시고 7년 동안 주말마다 고향집에 가서 정원을 가꾸었다. 비록 부모님이 안 계신 썰렁한 집이었지만, 정원 만들기를 핑계로 꾸준히 내려가면서 부모님의 은혜와 추억을 되새겼다. 썰렁한 고향집을 멋진 소나무와 정원수, 예쁜 꽃나무로 가득 채워 7년 만에 아버지정원 '봉래정원' 을 완공했다.

부모님이 돌아가신 지 올해로 15년. 나는 지금도 매주 금요일마다 고향 집에 내려가서 집을 관리하고, 정원수를 심고 가꾸며 주말을 보낸다.

지나고 보니, 부모 형제 생각에 사로잡혀 마음의 여유 없이 열심히만 살았다. 그렇게 쉼 없이 살다 보니 아내와 함께 여행도 자주 못 다니고 추억도 만들어주지 못해서 미안하다. 그런데도 아내는 불평 한마디 없이 묵묵히 곁에서 나를 지켜보면서, 힘들 때마다 응원해 주었다.

"내 아내 조정란……. 내가 열심히 살 수 있도록 내 뜻을 따라주고 응원해 주어 감사합니다. 당신이 내 아내라서 행복하고, 사랑합니다. 다시 태어나도 당신을 만나 사랑과 행복을 만들며 살아가겠습니다."

아내의 마음을 내가 더 잘 알기에, 현직 퇴임하는 그날부터는 오직 아내만을 위해서 아내의 기사로 살아가리라 다짐한다.

혼자 남자아이 둘을 바르게 키워 준 아내에게 감사하다

결혼 이후 집안일은 아내에게 맡겨두고 나는 오직 직장 일에 매달렸다. 책임감이 강하고 부지런했으며 젊었기에 힘든 줄 몰랐다. 성실하게 일하다 보면 좋은 결과가 있으리라는 생각을 가지고 회사 일에 집중했다.

이 글을 쓰면서 아내 혼자 남자아이 둘을 키우느라 힘들었던 것을 생각하면 미안하고 감사하다. 이번 기회에 내 진심을 전해본다. 아내가 그렇게 집안을 지켜주었기에 내가 걱정 없이 직장에 나가 회사 일을 열심히 할 수 있었고, 회사에서도 그동안 가는 곳마다 인정받지 않았나 생각해본다.

▲아이들 어린 시절

 내 아이들에게

부부는 살아가면서 한마음이 되는 것이 가장 중요하다.

첫째, 서로 존중해주고 구속하지 말아야 한다.

둘째, 서로를 신뢰하는 것이 중요하다.

셋째, 여자와 남자는 분명 생각하는 것이 다르다. 그 다름을 인정하는 것이 좋다.

넷째, 여자들은 명품을 좋아한다. 가계가 허락하는 범위에서 아내에게 명품 한두 개 정도 사주는 것이 반드시 필요하다(여자에게 명품은 사치가 아니고 자존심이다).

다섯째, 아내의 생일, 결혼기념일, 특별한 날은 잊지 말고 이벤트로 꼭 챙겨주어라.

여섯째, 고생한다고 가끔 서로의 등을 토닥토닥 해주어라.

일곱째, 밖에서 마찰이 있을 때도 항상 서로 한 편이 되어야 한다.

여덟째, 서로 사랑한다는 말을 자주자주 하라.

아홉째, 서로의 부모와 가족을 존중해주어라.

03
또 다른
가족의 탄생

　　그때는 지방에서 서울로 올라온 사람들 대부분이 돈을 벌기 위해 구로공단이나 공장 등에서 근무했다. 너도나도 서울로 올라왔고, 신발공장이 많은 부산에도 많은 사람이 몰려들었다.

　　서울에서 첫 직장에 다닐 때 큰아들이 태어났다. 큰아이가 태어났을 당시 아내와 나는 스물네 살이었다. 고등학교 1학년 때 아내와 만나 사귀다가 내가 군 제대를 하고 나서 결혼 승낙을 받았다. 그리고 함께 잠깐 여행을 하는 사이에 큰아들을 임신한 것이다. 임신한 아내와 태어날 자식을 먹여 살려야 한다는 책임감에, 다른 사람보다 직장생활을 빨리 시작할 수밖에 없었다.

　　큰아이 출산이 가까워지자, 어머니께서 서울로 올라와 우리와 함께 생활하고 계셨다. 저녁부터 산통이 시작되어 다음 날 새벽 무렵, 아내는 어머니, 형님과 함께 출산을 위해 병원으로 향했다. 그러나 나는 회사 일 때문에 가지 못하고 출근해서 오전 일을 처리했다. 그때를 돌아보니, 남편으로서 아내에게 미안한 생각이 든다.

나는 항상 회사 일을 우선으로 생각하며 살았다. 이런 사실을 아내 역시도 알고 있었기에, 남편 없이 애를 낳으러 가면서도 '어머니가 곁에 있으니 회사 출근해서 일 보고 병원으로 오라' 고 할 정도였다. 그렇게 나를 믿고 응원해주었기에 늘 고마운 마음이다.

아내도 첫 출산이라 무섭고 걱정이 많았을 텐데, 나를 먼저 생각하고 안심시켰다. 지금 와서 생각해 보면, '아무리 아내가 그렇게 말했다 해도, 함께 병원으로 갔어야 했는데……' 하는 생각이 든다.

큰아들을 낳아 아내가 아들을 업고 다니면, 주위 어르신들이 '애기가 애기를 낳아서 업고 다닌다' 고 말씀하시곤 했다.

다행히 둘째를 출산할 때는 장모님께서 아내를 순천 처가로 불러서, 큰아이와 아내가 함께 처가에 내려갔다. 산파가 집으로 와서, 산파와 장모님이 둘째를 직접 받으셨다.

아기가 태어나자 장모님께서 첫울음을 터뜨리기 위해 아기 엉덩이를 살짝 때렸는데, 이것을 보고 있던 큰아이가 "할머니, 동생 때리지 마세요" 하더라는 뒷이야기를 장모님께서 들려주셨다.

장모님은 아내의 산후 조리는 물론, 큰아이의 몸이 약하다고 인삼, 녹용을 사다가 직접 달여서 큰아이 건강까지 챙겨주셨다. 고생도 마다하지 않고 살펴주신 장모님께 이 글을 통해 감사의 마음을 전한다.

둘째아들이 군대에 입대하는 날, 나는 광주터미널까지만 동행했고 아내와 큰아들은 둘째아들과 같이 훈련소 버스를 타고 가서 마지막까지 배웅을 해주었다. 나는 그 길로 회사에 출근해서 일을 했다. 그때 나에게 최우선은 회사 일이었다. 그렇게 집안일은 주로 아내에게 위임하고, 나는 우선적으로 회사 일을 했다. 아내에게 뒤늦은 사과를 보낸다.

"여보, 미안했어요."

어느 날은 고등학교 동창인 강문기, 한경섭 동창친구와 만나 모처럼 점심 식사를 하는 자리에서 이런 말도 들었다.

"너희 회사에는 일하는 사람이 너밖에 없냐? 회사 걱정을 왜 혼자 다 짊어지고 있어? 너는 만나서부터 지금까지, 주야장천 회사 얘기만 한다."

"그럼, 지금 나에게 회사보다 중요한 게 어디 있겠냐! 회사가 성장하고 잘돼야 나도 승진하고 연봉도 오르고 그러는 거지. 내가 먹고살 수 있는 터전이다. 그러니 직장생활이 나한테는 가장 중요해."

지금 돌이켜 생각해 보니, 젊은 나이에 결혼해 가장으로서 책임이 컸다. 아이들을 키우며 생활해가려면 부지런히, 열심히 일해서 승진도 하고 임원도 되고, 그렇게 직장에서나 사회적으로 성공해야 한다는 생각뿐이었다. 어떻게 보면 우리 가족과 회사는 운명공동체 같아서, 회사가 잘되고 안

정적으로 성장해야 내가 안정적으로 일하고 우리 가족도 그렇게 될 거라는 생각이 무척이나 강했던 것 같다.

그러다 보니 머릿속에는 회사 일에 대한 생각이 많았고, 사람들을 만나면 자연스럽게 회사 일과 관련된 이야기를 하게 되었던 것 같다. 혹시라도 다른 사람들을 통해 좋은 정보를 얻을 수 있을까 싶은 생각도 있었다.

나는 술을 잘 먹지 않다 보니 술친구들과 교감할 시간도 거의 없었던 것 같다. 주중에는 퇴근이 늦었고, 일찍 결혼하였기에 주말이면 아내와 아이들과 시간을 보내야 하는 게 현실이었다.

큰아들이 군대에 입대할 때는 다행히 아내와 함께 의정부 훈련소까지 동행했다. 그날 친구 박종갑, 김순임도 시간을 내서 의정부 306보충대 훈련소까지 동행을 해주었다. 처음으로 아들을 군에 보내는 그 서운함을 친구들이 함께해 주어 그래도 조금이나마 달랠 수 있었다.

"종갑아, 순임아! 그날 함께 해주어 고마웠다."

 내 아이들에게

요즘 젊은이들은 결혼도 늦고, 결혼해서 아이 낳고 키우는 것도 쉽지 않다. 결혼에 대한 내 생각은 이렇다.

첫째, 결혼은 30대 이전에 가능하면 빨리 하는 것이 좋다.
요즘은 모든 것을 갖추고 결혼하려는 젊은이들이 많은데, 결혼을 빨리 해야 아이도 젊은 나이에 낳아 키울 수 있다. 그래야 노후가 편안하다.

예를 들어, 결혼이 늦어져 30대에 결혼을 하면 자연히 출산도 늦어진다. 그 아이를 키워 대학 보내고 취업할 때까지 돌봐주려면 거의 30년이 더 필요하다. 그러다 보면 어느덧 60대가 되어 있을 것이다.

60대면 보통 사회적으로 퇴직할 나이다. 다시 말해, 자식들이 시집장가 갈 나이가 되었을 때 본인은 이미 퇴직을 한 이후일 수도 있다. 본인이 현직에 있을 때 자식들을 시집장가 보내고 노후를 준비하려면 결혼은 가능한 빨리 해야 한다. 결국 그것이 노후에 승리하는 방법이다.

둘째, 결혼하고 아이를 낳으면 힘들어도 직접 키워야 한다.

출근길에 막 잠에서 깨어난 아이를 안고 허둥지둥 차에 오르는 부부, 아침 일찍부터 아파트로 들어서는 어르신(할머니)들을 보면 많은 생각이 든다. 아이를 안고 나오는 부부는 부모님 댁에 아이를 맡기고 출근하려는 것이고, 아파트로 들어서는 어르신은 손주를 봐주기 위해 오시는 것이다. 바쁜 출근 시간에 이리저리 뛰어다니는 모습은 전쟁을 방불케 한다. 그래서 "육아전쟁"이라고 하나 보다.

고생고생하면서 자식들 다 키우고, 당신을 편히 쉬실 연세쯤 되어 이젠 손자들까지 키워야 하니 얼마나 힘드실까. 자식들이 그런 것까지 생각해 보았는지 모르겠다.

부모님은 그동안 자식들 키우느라 젊음을 다 바치신 분들이다. 그러니 퇴직 후 남은 삶은 즐기며 사시는 것이 당연하다. 그 시기를 손자 손녀를 돌보는 데 다 쓰는 것은 옳지 않다. 요즘 젊은 부부들이 대부분 맞벌이를 하다 보니 육아를 부모님께 의지하는 경우가 많은데, 잘못된 것이라고 나는 생각한다. 부모님께 의지하지 말고, 스스로 아이들을 키울 방법을 찾아야 한다.

아이가 유치원에 가기 전, 최소한 다섯 살까지는 부모 중 한 명이 잠시 휴직하고 육아를 담당하는 것이 좋겠다는 생각이다. 둘 중 소득이 적은 사람이 휴직했다가 아이가 유치원에 다니기 시작할 무렵 다시 직장생활을 하는 것이 바람직하다. 요즘은 일반 기업들도 육아 휴직에 관대하고, 국가에서 아이 돌봄 제도도 운영하고 있으니 정부 지원을 활용하는 것도 좋은 방법이다.

04
할아버지가
된다는 것

큰아들 결혼과 손자 손녀의 탄생

우리 부부는 아들만 둘을 두었다. 1980년대만 해도 '하나만 낳아 잘 기르자'며, 국가에서 산아제한 정책을 펼칠 때였다. 그때는 의료보험도 자식 둘까지만 혜택을 주도록 제한하였다.

우리 부부에게 큰아들의 탄생은 축복이고 행복이었다. 큰아들이 어릴 때는 주말이면 군자동에 있는 어린이대공원에 주로 가서 놀이기구도 함께 타면서 놀아주었다. 아내는 예절을 중요하게 생각해서 아이들에게 엄격하게 예절교육을 시켰다. 그 덕에 아들은 건강하고 예의 바르게 성장해주었다. 대학교 때는 경영학을 전공했고, 조선대 무진관<small>법조계, 공인회계사, 세무사, 노무사 등 다양한 전문직을 지망하는 학생들을 지원하기 위해 조선대는 '무진관'이라는 고시원을 운영하고 있다</small>에 들어가 한때 회계사 공부도 열심히 했다.

그러다가 대학교 2학년 때 육군에 입대, 군복무를 마치고 전역 후 대학교를 졸업했다. 첫 직장으로 보해소주회사에 입사해 2년 정도 직장생활을 하면서 금융 공부를 했고, 마침내 광주은행에 합격해 직장을 옮겼다.

은행에 입사하고 1년 정도 근무하면서, 같은 은행을 다니는 동갑내기 행원과 만나 연애한 지 6개월 만에 결혼을 했다. 안사돈께서 큰아들이 마음에 들어 결혼을 서두른다는 것을 알았고, 우리도 며느리 사랑이가 착하고 마음에 들어 양가가 만나 결혼 날을 잡았다. 그리고 그해 양가의 축복 속에 결혼식을 올렸다 '사랑이' 라는 애칭은 며느리 친정에서 어릴 때부터 부르던 것으로, 우리 집에서도 그대로 불러 주겠다고 결혼식 날 내가 약속했다.

나 역시 일찍 결혼을 하고 살아오면서, '결혼을 일찍 해야 나이 들어 내가 편하다' 는 것을 알게 되어 일찍 결혼을 시키려 하고 있었다.

우리 부부가 소띠丑年生 동갑내기인데 아들 부부도 소띠 동갑내기라, 어쩌다 보니 한 집안에 소가 넷이나 되었다. 집안에 같은 띠가 세 명 이상이면 잘산다는 말을 들어서인지 기분이 더 좋았다.

▲큰아들 결혼하고 신혼여행에서

큰아들이 결혼하고 1년 후, 우리 가족 최고의 선물이자 가장 소중한 보물인 장손 양현수가 태어났다. 며느리는 소중한 아기를 남에게 맡기지 못할 것 같다며, 아기를 직접 키우기 위해 은행을 그만두었다.

평소 은행 근무복을 입고 있던 며느리의 보습이 보기 좋았고, 아들과 함께 은행을 다니는 것도 행복해보였지만, '아이는 엄마가 직접 키우는 것이 가장 좋다' 는 평소 생각도 그렇고 우리 부부도 손자를 돌봐줄 상황이 안 돼 그렇게 하라고 했다.

나는 직장생활과 경영 공부를 하기 위해 최고경영자 과정, 이후 대학원 석·박사 공부를 하고 있어서 도저히 시간이 나지 않았다. 그리고 아내는 원체 약한 체질인 데다가 갱년기 초반이라 본인 몸 하나 추스르기도 힘든 상황이었다. 그래서 며느리 의견을 존중해 은행을 그만두게 되었던 것이다.

이후 예쁜 손녀 양채이가 탄생하고, 큰아들 내외는 두 아이를 정성으로 키웠다. 네 가족이 오순도순 살아가고 있으니, 지켜보는 것만으로도 부모로서 행복하고 좋다. 항상 건강하고 아이들 잘 키우면서 행복하게 잘 살아가기를 기원하고 응원한다.

이 글을 통해 공무원으로 근무하시다 퇴임하고, 편하게 취미를 즐기며 쉬어야 하는 소중한 시간에 틈나는 대로 손주들을 지극정성으로 돌봐주신 사돈 내외분께 감사와 고마운 마음을 전해본다.

둘째 아들의 개인 사업

자식은 내 맘대로 안 된다는 것을 둘째를 통해 느꼈다. 둘째아들은 경제학을 공부했기에 은행이나 증권회사에 입사해 직장생활 하기를 바랐다. 은행이나 증권회사가 힘들긴 하지만 그래도 전공을 살릴 수 있으니 좋을 것 같았기 때문이다.

그러나 아들은 대학을 졸업하더니 개인 사업을 하겠다며 직장에 들어갈 생각을 하지 않았다. 그 탓에 나와 6개월 정도 실랑이를 했다.

사업이라는 게 그렇게 쉽지 않다는 것을 잘 알기에 사업보다는 안정적인 직장생활을 하길 원했던 것이다. 직장인은 그래도 쉬는 날이라도 편하게 쉴 수 있지만, 사업을 하면 쉴 틈도 없이 항상 고민하고 노력해야 성공할 수 있다는 생각을 가지고 있었다. 그러던 중 아내가 넌지시 말했다.

"애 의견을 존중해주는 것이 좋을 것 같아요. 젊었을 때 하고 싶은 것 해봐야 나중에 후회가 안 남지요."

그래서 한 발 양보하고, 아들과 마주앉아 구체적인 사업 구상을 들어보았다. 둘째는 대학교 4학년 방학 때 투자자를 만나 아르바이트를 했다. 투자자는 자금을 투자하고 아들은 사업장 운영은 맡았으며, 여기서 얻은 수익을 절반씩 나눠 갖는 방식이었다.

그 아르바이트를 하면서 사업 운영의 묘미를 알게 된 아들은, 직장생활 하면서 월급을 받는 것이 자기에게는 맞지 않는다고 생각하게 된 것이다. 그래서 아르바이트를 통해 모은 돈을 밑천 삼아 아들은 직접 개인 사업을 해보고 싶어했다. 아들 나름대로 고민하고 결정한 일이었다.

아들은 하고 싶은 사업을 결정하고 나서 사업장을 얻었다. 인테리어는 내가 잘 아는 분께 부탁했다. 그런데 인테리어가 끝나고 나서 지인이 호탕하게 웃으며 말했다.

"아드님이 사업으로 성공할 수 있겠습니다."

어떤 모습을 보고 그렇게 판단하는지 궁금해서 내가 물었다.

"왜요?"

"인테리어 업자들은 시공뿐만 아니라 자재 구입비에서도 조금 이익을 내곤 하는데, 아드님은 필요한 자재를 직접 사가지고 오더라고요. 요즘 젊은 사람들은 귀찮아서라도 그렇게까지 안 하거든요. 그런 마인드라면 무얼 하든 분명히 성공할 겁니다."

아들이 개인 사업을 하겠다고 말했을 때 비록 반대하긴 했지만, 막상 결정을 한 뒤에는 도울 일이 뭐가 있을까 하고 관심 있게 지켜보았다. 무슨 일이든 처음 시작할 때는 목돈이 필요한 법이라, 우리 부부는 의논을 해서 아들에게 2천만 원을 지원해주기로 했다.

"사업하다 필요하면 보태 써."

아내가 돈을 찾아 아들에게 주었는데, 다음 날 보니 그 돈이 고스란히 내 서재 책상 위에 놓여 있었다. 아들은 자기가 가진 돈으로 충분하다며, 사업하면서 부모님 도움은 절대 안 받겠다고 했다.

아들은 개인 사업을 시작한 이래 단 하루도 쉬지 않고 5년 동안 성실하게, 열심히 일했다. 같은 일을 하면서도 꾸준히 새로운 변화를 주면서, 사업을 키워 가기 위해 여러 가지로 고민도 많이 했다. 그리고 지금도 개인 사업을 하면서 최선을 다해 살고 있다. 나도 이제는 아들이 잘해 나갈 것이라 믿고 응원하면서 지켜보고 있다.

최근에 코로나19 사태로 특히나 개인 사업자들이 많이 힘들어졌다. 이런 상황에서도 아들은 힘들다는 말 한 마디 없이, 힘든 모습 보이지 않고 묵묵히 잘 헤쳐 나가고 있다. 둘째아들의 사업이 발전해서 크게 성공하길 기원하고 응원한다.

지금 내가 둘째아들에게 바라는 것은, 어느새 나이가 30대이니 빨리 좋은 반려를 만나 결혼해서 손자 손녀를 안겨주었으면 하는 것이다. 몸 관리, 자기 관리 잘해서 건강한 가운데 미래사업을 잘 설계해 훌륭한 사업가로서 대성하기를 바랄 뿐이다.

할아버지, 할머니가 되어 변하는 것들

우리 부부는 또래에 비해 일찍 결혼을 했고, 자식도 빨리 낳아 결혼시켰다. 그러다 보니 손자 손녀도 빨리 태어나서, 50대에 일찌감치 할아버지 할머니가 되었다.

손주들이 '할아버지, 할머니'라 부르는 소리를 들으면 새삼 세월이 빠르다는 것을 느끼게 된다. 할아버지 할머니로 살면서 행동과 생각들이 나도 모르게 변하는 것 같다. 이런 변화가 그리 좋은 것만은 아니라는 생각이 스칠 때도 있었다. 그러나 할아버지 할머니가 되는 것은 당연한 삶의 순리이고 의미 있는 일상이라 생각한다.

할아버지 할머니가 되고 나서는 여행을 가도, 백화점을 가더라도 우리 부부에게 필요한 생활용품을 구매하기보다는 손자 손녀 생각이 앞선다. 그래서 아이들 옷 매장에 들르게 되고, 손자 손녀를 먼저 챙기게 된다. 또한 내가 소중하다고 생각해 소장하고 있는 물건들을 보면서, '이다음에 손자에게 주어야지', '손녀에게 주어야지' 하는 생각들이 자연스럽게 든다.

이렇게 조금씩 마음도 늙어가는 기분이 들었다.

그러면서 "인생은 피라미드와 같다"라는 생각을 가지게 되었다. 어릴 때는 호기심도 많고 하고 싶은 일도 많다. 마치 피라미드의 맨 아래처럼 말이다. 하지만 점점 나이가 올라갈수록 욕구·욕망이 작아진다.

'아, 내가 할아버지가 되었구나' 하는 생각이 들면서 점점 이런 느낌이 와 닿았다. 욕구·욕망이 작아지면서 다른 한편으로는 사소한 것에도 기쁨과 감사한 마음이 생겼다. 손자 손녀의 귀여운 재롱이 그 모든 것과 비교할 수 없는 큰 행복이기 때문이다.

할아버지 할머니가 된다는 것은 인생 최고의 행복이 아닐까 싶다.

▲세상에서 가장 소중한 손자와 손녀

05

광주로
가족 이사

살아보니 이보다 더 좋을 수 없는, 광주

평생 자식을 가슴에 묻고 살아갈 부모님의 아픈 마음을 알 기에, 아내와 상의 끝에 서울에서의 직장생활과 세무사의 꿈을 접고 부모님 계신 곳과 가까운 광주로 이사를 했다. 그때가 큰아들 초등학교 5학년, 둘째 아들 초등학교 1학년 때였다. 거주지와 직장을 광주로 옮기고, 아이들은 광주 금호초등학교로 전학을 했다.

광주로 오면서 특히 신경 쓴 것은, 아이들의 마음에 '죽음'이 트라우마로 남지 않도록 하는 것이었다. 아이들도 큰아버지와 작은아버지가 돌아가신 것을 알고 있었고, 그 나이면 죽음이 무엇인지 충분히 알 수 있기 때문이다. 우리 부부는 아이들의 마음에 특별히 더 신경을 썼다.

다행히 아이들은 전학 온 학교에 잘 적응했다. 친구들을 사귀면서 광주

사투리가 재미있었는지, 집에 돌아오면 새로 배운 사투리를 아내와 내게 들려주곤 했다. 하지만 아내와 나는 사투리를 쓰는 아이들에게 괜히 미안하고 가슴이 아팠다.

광주에서 부모님이 사시는 벌교까지는 한 시간 남짓한 거리였다. 부모님께 무슨 일이 생기면 언제든지 바로 달려갈 수 있는 거리에서 생활을 할 수 있어 마음이 편했다.

광주에 와서 생활하다 보니 모든 것이 여유롭고 한가롭게 느껴졌다.

우선, 광주는 교통편이 좋았다. 광주는 수도권에 비해서 차가 많지 않다 보니 시내를 벗어나 다른 지역으로 이동할 때도 시간이 많이 걸리지 않았다. 대략 도착 시간을 예상하면 거의 그 시간에 도착했다. 그러다 보니 몸도 마음도 한결 여유로워졌다.

또 번화한 시내라고 해도 사람이 그리 많지 않아 여유롭게 걸어다닐 수 있었다. 광주는 수도권에 비해 물가가 싸서 생활비도 적게 들고 음식 맛도 참 좋았다. 음식하면 전라도 음식이 최고 아니겠는가!

광주에 와보니 사람들이 소고기를 생고기로 많이들 먹었다. 나도 사람들과 어울려 가끔 먹다 보니 그 참맛을 알게 되어, 단골식당 사장님은 좋은 생고기가 들어오면 전화나 문자로 나에게 먼저 연락을 줄 정도가 되었다. 사실 서울에서는 가격이 비싸서 자주 먹지 못하지만, 광주는 소고기 값도 상대적으로 싸고 인심도 좋아 넉넉히 주었다.

또한 광주에는 맛집이 많아서, 맛있는 음식을 부담 없는 가격으로 마음껏 먹을 수 있는 즐거움도 있었다. 송정리 떡갈비, 담양 떡갈비, 소고기 육전, 숯불갈비, 한정식, 붕어찜, 오리탕, 오리구이 등 맛있는 음식을 먹는 즐거움도 무시할 수 없는 일이다.

잠깐의 서울 생활

광주에 내려와서 입사한 첫 직장은 리튬배터리 전문 생산업체인 ㈜애니셀이었다. 그곳에서 경리팀장으로 5년 정도 재직했다.

㈜애니셀은 300명 가까운 일반투자자와 홍콩에 있는 외국투자자, 벤처투자사로부터 자금을 받은 회사였다. 그러나 투자받은 돈은 이미 설비 투자와 운영자금으로 다 썼고, 이후 추가 설비가 필요했지만 매출은 급속히 늘어나지 않았다. 일반적인 벤처기업이 거의 그렇듯, ㈜애니셀도 자금 부족 때문에 초기에 많은 어려움을 겪었다.

상장을 위해 금융권과 기관 및 일반투자자 추가 모집 등 경영진과 함께 여러 가지 방법을 찾아보았다. 하지만 매출이 크게 늘지 않다 보니 결국 은행권 추가 대출도, 기관에서 추가 투자를 받아 상장하는 것도 쉽지 않았다.

은행 이자를 연체하면 은행마저 외면할까봐, 회사를 살리기 위해 한때는 내가 개인자금을 대출받아 은행 이자를 지불하고 매출 대금이 들어오면 그때 갚는 식으로 돌려막기를 한 적도 있다.

이러한 노력에도 불구하고 회사의 경영난은 점점 더 심해져다. 나는 더 이상 이 회사에는 비전이 없다고 판단하고 회사를 그만둘 수밖에 없었다.

곧바로 서울에 있는 우진산업㈜에 이력서를 넣었다. 그곳은 종이 생산회사한솔제지 등에 제지 생산에 필요한 약품을 공급하는 회사로, 마침 그곳에서 경리부장을 뽑고 있었다.

준비할 틈 없이 면접을 보았고 그곳에 취업이 되었다. 그 바람에 가족을 광주에 둔 채 나만 서울에서 직장생활을 하게 되었다. 그렇게 이산가족이 되어 잠시 주말부부로 지냈다. 서울에서 직장생활을 하면서 차분히 다시 광주에 있는 직장을 알아보기로 했다.

이때 서울 목동 아파트에 친구 김성찬이 살고 있었다. 친구는 '잠깐 동안 서울에 있을 거면, 그냥 우리 집에 와서 편하게 지내라' 면서 선뜻 먼저 말해주었다. 그렇게 5개월 동안 친구 집에서 생활했는데, 그때 친구와 친구 아내가 나에게 너무나 편하고 고맙게 대해 주었다.

내가 퇴근하고 집에 돌아오면, 성찬이는 아무리 시간이 늦어도 저녁밥을 안 먹고 기다렸다가 같이 밥을 먹었다. 또 친구의 아내는, 삼겹살을 굽는 날이면 내가 좋아하는 반주로 맥주까지 곁들여 저녁상을 차려놓고 성찬이와 저녁밥을 함께 먹도록 배려했다.

친구네 또한 맞벌이였지만 친구 아내는 아침밥을 꼭 차렸다. 어쩌다 일찍 출근하는 날에도 아침 밥상을 차려놓고 상보로 덮어두었다. 덕분에 나는 날마다 아침을 든든하게 먹고 출근할 수 있었다.

식사뿐만이 아니었다. 친구 아내는 내 와이셔츠를 직접 빨아 다리미로 다린 뒤 내 방문 손잡이에 걸어두곤 했다. 또한 처음에 양말은 내가 직접 세탁해서 널었는데, 얼마 지나 않아 '절대 앞으로 그러지 말라'고 하며 그냥 빨랫바구니에 벗어두라고 했다. 그리고 양말까지 빨아 곱게 접어서 방문 앞에 살포시 놓아두었다. 덕분에 친구 집에 있는 5개월 내내, 깨끗한 와이셔츠와 양말을 걸치고 출근할 수 있었다.

가족과 떨어져 친구 집에서의 생활이 불편하지 않도록, 세심하게 배려해 준 친구 부부에게 늘 고마웠다. 지금도 가끔 친구를 만나 그때 얘기를 하면서, 친구 아내에게 고마운 마음을 전한다.

서울에서 지내다가 주말에 광주로 내려가 아내에게 친구 부부 이야기를 하면, 아내는 "세상에 그렇게 좋은 사람들이 흔치 않으니 평생 친구로 지내면서, 당신 또한 친구에게 항상 잘하라"며, 아내도 친구 부부에게 고마움을 전했다.

서울에 있는 이 시기에 친구 김성찬, 박갑일, 서정복, 김종국, 서덕예, 김금자와 퇴근 후 가끔 한잔하면서 추억을 쌓았다.

서울에서 직장을 다니면서 광주에 있는 직장을 알아보았다. 그러던 중 웅지회계법인 대표 공인회계사 지인의 소개로 광주에 있는 제약회사에 입사가 확정되었다. 이때도 우진산업㈜ 회장님 또한 나의 이직을 말렸지만 가족이 있는 광주로 내려와야 했기에 사표를 내고 퇴직을 하고 광주로 내려왔다. 그곳이 바로 지금껏 몸담고 있는 한국프라임제약㈜이다.

광주에 본사를 두고 있는 한국프라임제약㈜는 호남에서 유일한 전문의 약품 제조사였으며, 나는 그곳 경리부서장으로 입사를 했다.

골프 입문을 하다

서울에서 광주에 내려와 적응해가는 시기에 고향 선배인 류재선 선배^현전국전기공사협회 회장가 특히 많이 챙겨주었다. 류재선 선배는 돌아가신 형님과 고향 친구였으며 내게는 고향 선배였다.

처음 골프를 시작하게 된 것도 류재선 선배의 배려 덕분이었다.

"어디냐? 지금 시간 있어?"

어느 날 류재선 선배가 전화를 해서 물었다.

"네, 시간 괜찮습니다."

"그래? 잘됐다. 여기 학동 남도 골프숍인데, 지금 좀 와라."

뜬금없는 전화였지만 선배의 부름에 군말 없이 달려갔다.

"네 마음에 드는 골프채 하나 골라서 빨리 사."

그러나 나는 그때까지 골프채를 잡아본 적이 없었다. 선배는 내 마음에 드는 걸로 고르라고 했지만 어느 것이 좋은지 알 수가 없었다. 하는 수 없이 류재선 선배와 골프숍 사장이 골라주는 골프채를 구입했다나중에 알고 보니 '브리지스톤' 골프채였다.

이후 류재선 선배는 내게 골프 잘 치는 골프 코치를 소개해주셨다. 내 기억에는 당시 모 방송국의 PD로 기억되는데, 골프를 싱글로 70대 정도로 치는 골프 선배였다.

다음 날 광주 상무지구에 있는 골프 연습장에서 다시 선배와 만났다. 물론 골프 코치도 함께였다. 이렇게 셋이서 아침마다 만났고, 골프 코치로부터 약 한 달 동안 레슨을 받았다.

골프를 시작하고 첫 라운딩머리 올리기을 화순 엘리체구 남광주CC로 나갔다. 그날 첫 드라이버 샷은 슬라이스가 났으나 볼이 동 코스 1번 바위에 맞고 페어웨이로 나와 다행히 볼은 죽지 않았다. 운동을 하면서 첫 티업을 했던 곳이 화순 엘리체CC고, 첫 싱글도 77타로 화순 엘리체CC에서 했다. 화순 엘리체CC는 내게 좋은 추억을 안겨준 곳이다.

이후 류재선 선배는 가끔 골프장으로 나를 불러 주었다. 승주CC, 광주CC, 화순CC900Country 등 필드에 나가면 그린피는 대부분 재선 형님이 계산해주셨다. 그래서 그린피가 얼마인지도 모른 채, 선배가 '운동 가자' 고 부르면 따라만 다녔던 기억이 있다.

광주에 내려와 빨리 적응할 수 있도록 곁에서 힘이 되어주고, 나의 골프 입문 길을 열어 준 유재선 선배에게 고마웠던 마음을 전해본다.

"류재선 선배님은 제게 든든한 힘이 되었습니다. 배려해주셨던 것에 감사드립니다."

한동안 회사일이 바빠서 골프를 못 치다가, 7년 전부터 가끔 주말에 지인들과 골프 모임을 갖는다. 골프는 욕심처럼 잘 안 되는, 진짜 어려운 운동이다. 또 어느 날은 잘 되다가도 어느 날은 초보가 된 것 같기도 하다. 그래서 흔히들 "골프는 내 맘대로 안 되는, '인생' 과 같다" 고 하는 모양이다.

골프는 좋은 점이 많은 운동이다. 보고 싶은 친구, 선배들에게 가끔 연락해서 골프를 치면 운동도 할 수 있고, 얼굴 보면서 소통도 할 수 있고, 추억도 쌓을 수 있으니 이보다 더 좋은 운동이 어디 있을까 싶다.

또 골프는 나이 들어서도 편하게 즐길 수 있는 운동이고, 기본적으로 네 명이 모여야 할 수 있는 것이다 보니 편안한 사람들과 함께 어울리며 친목을 돈독하게 하기에 안성맞춤이다.

요즘은 가끔 우리 부부와 고등학교 동창 친구인 김남태 부부가 함께 골프를 친다. 1박 2일로 보성CC, 나주 해피니스CC, 푸른솔CC 등에서 1년에 두세 차례 정도 골프를 치고 회포도 풀면서 좋은 시간을 갖는다.

▲푸른솔 CC 라운딩에서

큰아들 골프 입문과 첫 필드 나들이

골프를 시작한 햇수가 꽤 되지만 나는 아직 90돌이다. 사실 타수보다는 골프 자체가 재미있고 필드의 분위기와 잔디가 그저 좋다.

골프도 재미있고, 넓고 푸르게 펼쳐진 골프장의 잔디도 좋아서 아내에게 골프를 배워보라고 권했다. 그러나 아내는 그때 골프에 흥미를 못 느끼고, 큰아들에게 먼저 가르치라고 했다.

아내의 말을 듣고, 큰아들을 데리고 나가서 아들에게 맞는 골프채를 사 주었다. 그리고 광주 상무골프장에서 레슨 프로에게 골프 레슨을 시켜주 었다. 그때가 아들 중학교 3학년 겨울방학 때였다.

2개월 정도 레슨을 받았을 때쯤, 아들에게 필드 구경을 시켜주고 싶은 생 각에 화순CC900Country를 예약했다.

그런데 그날 아침부터 눈이 조금씩 내렸다. 동행하기로 한 지인들은 날 씨 때문에 취소를 하고 결국 아들과 둘이 골프장으로 가는데, 조금씩 내리 던 눈이 함박눈으로 변해 펑펑 쏟아졌다.

어쨌거나 모처럼 계획해서 집을 나섰으니, 골프숍에 들러 빨간색 공을 한 박스 구입하고 골프장까지 갔다.

"죄송합니다. 오늘은 페어웨이와 그린에 눈이 쌓여서 골프를 칠 수 없습 니다."

골프장 직원은 운동이 어렵겠다며 사과를 했다. 그날 일찌감치 골프장에 왔던 골퍼들도 모두 돌아가고, 홀에는 아무도 없이 텅 빈 상태였다. 그래도 포기하고 돌아갈 수 없어서 골프장 경기팀장에게 전화를 했다.

"아들한테 골프장 구경시키는 기분으로, 빨강 공으로 18홀을 돌고 올 테니 캐디 한 명만 붙여 주세요. 부탁합니다.”

다행히 경기팀장의 배려로 아들과 둘이서 필드에 설 수 있었다. 캐디도 같이 운동을 나갈 수 있다고 해서 1홀부터 티샷을 했다. 그런데 공을 치면 하얗게 눈이 쌓인 페어웨이 속으로 공이 숨어버렸다. 사람들이 없으니 공이 숨어도 눈 위에 선명하게 남은 공의 방향을 찾아갈 수 있었다. 그렇게 눈 속에 숨어 있는 공을 찾아서 다시 쳤다. 캐디는 미리 준비해간 빗자루로 눈을 쓸어, 그린 위에서 버터를 할 수 있도록 도와주었다. 버터 두 번 정도 치고 나면 무조건 “OK!”를 외쳤다.

그렇게 함박눈이 내리는 골프장 18홀을 아들과 함께 돌았다. 그것이 아들의 첫 라운딩이었고, 고생한 만큼 진한 추억으로 남아 있다. 어찌 보면 무모하다고 할 수 있지만, 필드 그리고 그린과 홀을 갖춘 멋진 골프장의 모습을 아들에게 보여주고 싶었던 마음이 그만큼 컸던 시절이다.

이제 아들은 나보다 더 골프를 좋아한다. 그래서 가끔 명절 주말이면 고향집 가까운 보성CC에서 가족과 함께 필드로 나가 골프를 친다. 최근 함께 운동을 하는 중에 아들이 사이클링 버디를 했고 얼마 전에는 가족 운동에서 아들이 처음 싱글까지 해서 기분이 얼마나 좋았는지 모른다.

06

17시간 걸리는 운전에도 행복했던 명절 고향길

부모님 형제 살아생전

서울 생활을 하면서 설 추석 명절과 여름 휴가기간에는 항상 우리 가족은 고향을 찾았다. 특히나 설과 명절은 고향에 부모님을 찾아뵙고 부모님과 함께 보내야 한다는 생각에 항상 명절이면 부모님과 형제들에게 줄 선물을 가득 가지고 고향집을 찾았던 것이다.

복잡한 서울 직장생활 속에서 하루하루 정신없이 바쁘게 살다가 그나마 명절. 휴가 때 고향을 찾으면 그래도 마음의 여유가 있고 포근한 고향집에 있는 동안 바쁘게 살아가는 의미도 느낄 수 있어 좋았던 것이다.

1980년대부터 1990년 중반까지 서해안고속도로가 생기기 전까지 전라도 귀성객은 명절 때면 항상 경부고속도로를 통과해야만 했던 길이기에 귀성객 차량은 항상 밀리는 길이였던 것이다.

서울 톨게이트를 빠져나오는 것부터 교통 정체가 시작되었다. 보통 호남

고속도로 들어서는 구간까지는 시속 20~50킬로미터로 차가 가다 서다를 반복 하며 달릴 수가 없었다. 그러다보니 중간 중간에 완전 정체 구간에는 길가에서 노점상 장사꾼들이 먹을 간식거리를 팔기도 하고 어린이용 장난 감도 팔고 하는 모습이 일상이었다.

귀향길에 고속도로 휴게소를 들르면 휴게소를 빠져나오는 일도 쉽지 않다보니 어떤 때는 출발 전에 아내가 집에서 도시락을 준비하여 귀성길 중간에 차를 세우고 도시락을 먹은 적도 있다.

어느 때인가는 명절날 차가 그래도 덜 밀리는 시간에 내려가자고 저녁 11시에 집에서 출발하여 서울 톨게이트를 빠지는 데 2시간이 걸렸다.그런데 그날 나처럼 같은 생각을 하고 늦은 저녁에 출발하는 차들이 너무 많아 톨게이트를 빠져나온 차들이 달리지 못하고 30분 이상을 고속도로에 정차해 있는 것이다.

그러다보니 몸은 피곤하고 같이 타고 있는 아내와 아이들도 피곤할 것 같아 차를 고속도로 갓 길에 세우고 차안에서 잠을 자고 출발하기로 했다. 새벽 동이 트고 눈을 뜨니 아직도 차들이 거의 움직이지 못하고 거북이 운행을 하고 있었다.

그날 고향으로 내려가는 중간에 차를 세워두고 준비한 도시락을 먹고 하며 귀성은 24시간이 넘게 시간이 걸려 고향집에 도착했던 추억이 생각난다. 1980년 중반 이후 우리나라도 자가용 시대가 시작되면서 1990년대 중반까지는 명절 고향 귀향길이 보통 17시간 이상 걸렸었다. 그래도 그 시절 고향에는 사랑하는 부모님이 계시고 보고 싶은 형제들을 만나고 볼 수 있어 힘든 고향 길도 힘든 줄 모르고 다녔던 것이다.

언젠가 여동생이 나에게 "오빠, 이렇게 명절 때마다 언니도 힘들고 오빠도 힘들게 집에만 오지 말고 언니랑 아이들 함께 가족여행도 하고 해요" 하기도 했다. 하지만 나와 아내는 명절이면 부모님 형제들 만날 수 있는 고향집에 가는 길이 더 행복하고 좋았다.

07

명절 때면
가족여행을 떠났다

부모님 형제 돌아가신 후

불행한 교통사고로 형제들을 잃고 이후 부모님까지 세상을 떠나시고 나니, 명절이 더 이상 즐겁지 않았다. 부모 형제를 만나 맛있는 것 먹고 서로의 안부를 나누는 즐거움을 빼면 사실 명절에서 무엇이 남겠는가. 그래서 언젠가부터, 명절이 가까워 오면 마음이 무겁고 머리가 아팠다. 아니, 만날 부모 형제가 안 계시니 오히려 가슴 아프고 슬픈 날이 되어 버렸다.

명절 때면 신문 사이에 끼여 오는 선물 전단지만 보아도 마음이 아프기도 했다. 그래서 나는 명절 휴가 동안 부산이나 제주도 등으로 가족여행을 계획하고 항상 가족여행을 떠났다. 가족들과 여행을 떠나 마음 편하게 골프도 치고, 맛있는 음식도 먹고, 이곳저곳 구경하면서 명절 분위기를 떨쳐 버리고 싶었던 것이다. 그래서 부모님 돌아가시고 나서부터 몇 년을 그렇게 명절이면 가족여행을 다녔다.

그런데 이제 큰아들이 결혼하고 손주들도 점점 커가다 보니, 손주들에게 좋은 명절 추억을 만들어줘야겠다는 생각이 들었다. 그래서 아내와 상의해, 몇 년 전부터는 설과 추석 명절 때면 고향집에 온 가족이 모이고 있다. 이제는 부모형제 잃은 아픔을 조금씩 잊어가며 아들 내외, 손자 손녀들과 함께 설과 추석 명절 추억을 만들어주고 즐기면서 살아가려 한다.

▲추석 명절, 가족과 부산 해운대에서

▲여름휴가 중 가족과 태국 여행

4부

사회생활의 시작
그리고 군대시절

01
첫 직장
대한뉴팜㈜

서울살이와 새 출발

군 제대를 하고, 직장을 찾기 위해 신문에 나오는 구인광고를 보며 이곳저곳 이력서를 내고 다녔다. 그러는 동안 아내는 임신을 했다. 아내가 임신을 하고 보니, 사랑하는 아내와 함께 하루빨리 독립을 해야 한다는 생각에 마음이 바빠지고 책임이 무거워졌다.

마침 출신 고등학교에 계신 손영배 선생님께서 연락을 주셨다. 당시 미원그룹대상그룹에서 신입사원을 모집한다는 모집 공문과 학생추천서를 학교로 보내왔으니 응시해보라는 말씀이셨다. 말씀에 따라 채용에 응시를 했고 다행히 합격했다. 그렇게 나는 미원그룹대상그룹 관계사인 대한뉴팜㈜의 창립 초기 멤버로 발령받아 입사하고, 그곳에서 첫 직장생활을 시작할 수 있었다.

서울 영등포구 신도림동 미원사료공장 내에 대한뉴팜㈜이 있었다. 그래서 직장을 잡은 뒤 영등포 도림동 쪽에 살림방을 얻었다. 그런 다음 곧바로 아내의 집으로 달려갔다.

아내와 함께 서울로 올라갈 준비를 할 때 장인어른과 장모님은 걱정을 많이 하셨다. 나는 장인어른과 장모님을 안심시켜드리기 위해 다부진 목소리로 말했다.

"저만 믿으십시오. 정란이 절대 고생시키지 않고 행복하게 살겠습니다. 열심히 살아 반드시 성공하겠습니다."

내 태도에 장인어른은 살짝 미소를 보이셨다.

"그래, 자네가 잘할 거라고 믿네. 정란이에게도 잘하고, 둘이 모두 건강 잘 챙기고, 열심히 잘 살아."

장모님도 밥그릇 4개, 국그릇 4개, 수저 세트를 챙겨주시며 당부의 말씀을 하셨다.

"밥 굶지 말고 건강하게 살아. 자네는 직장생활 잘해서 반드시 성공할 거야."

내 부모님들 또한 '건강 챙기면서 열심히, 부지런하게 사회생활 잘하라'고 말씀하시면서 이것저것 챙겨주셨다. 양가 어른들 모두 이제 막 사회에 뛰어드는 우리를 많이 걱정해주셨다.

첫 직장 대한뉴팜㈜

그렇게 이제 막 창립한 대한뉴팜㈜에 입사하여 나는 경리업무와 총무업무 등 회사 전체 관리 실무를 맡았다. 이제 첫발을 내딛은 회사다 보니 산재보험 가입, 건강보험 가입 등 일이 많았다. 이 시기에 우리나라 건강보험은 지역의료보험조합과 대기업 직장의료보험조합으로 출발했고, 이후 건강보

험공단이 생기면서 전체 우리나라 지역·직장 의료보험조합이 공단으로 통합되었다. 이후 국민연금제도도 시작되어 최초 국민연금 가입 업무도 내가 전부 실무를 담당했다.

▲서울에 상경, 정착하여 어느 날 남산에서

미원사료공장 영등포공장 내에서 출발한 대한뉴팜㈜은 주로 동물영양제와 치료제, 사료에 첨가되는 약품 등을 생산하고 판매했다. 동물약품은 동물약국으로 판매되었으며 영업사원들이 전국을 권역별로 담당하고 있었다. 이후 대한뉴팜㈜은 동물약품뿐만 아니라 인체의약품 제조, 어린이 수유용품 수입 판매까지 사업 범위를 확대해갔다.

1984년, 이때는 컴퓨터도 없던 시대다. 모든 서류는 수기와 타자기에 의지하여 작성했다. 회계일보 전표를 수기로 작성한 다음 전자계산기와 주

산으로 직접 계산하여 일보와 주간일보, 월간 결산서 등을 작성했다.

그렇게 일을 하다 보니 대부분 회사의 경리 회계부서는 정시에 퇴근할 수가 없었다. 회사 내 모든 부서의 회계자료와 서류가 경리부로 집합되었기 때문이다. 영업부의 매출 현황, 수금, 마감 자료 등도 결국 최종 도착지는 경리부였다.

당연히 평일은 야근이라서, 밤 10시 정도에 퇴근하고 집에 돌아오면 보통 밤 11시가 다 되었다 서울은 출퇴근 거리가 멀어서, 출퇴근에 한두 시간이 걸리는 것은 기본이었다. 그러다 보니 개인의 사생활은 주로 주말 휴일뿐이었다.

1980년대까지는 주 6일 근무를 해서, 토요일에도 출근해 오전 근무를 했다. 그러다가 1980년대 후반에 가서야 격주로 토요일 근무를 했던 것 같다.

매년 2, 3월은 회사 정기 결산기라서 주말에도 출근해서 결산 업무를 했다. 소득세 연말 정산 시기, 3개월마다 매 분기 부가가치세 신고 때도 평일, 주말 구분 없이 출근해서 업무를 했다. 그 많은 매입·매출 세금계산서를 부가가치세 장부와 하나씩 맞춰보고 계산하려면 그렇게 하고도 시간이 모자랐다.

월별결산, 분기결산, 연말결산서 작성까지, 회사 결산은 물론 세무사들이 하는 세무조정계산서 작성까지 내가 직접 했다. 그때는 내가 세무사 시험공부를 하고 있을 때, 실무 경험도 쌓을 겸, 공부하면서 작성했던 것이다. 시간을 많이 빼앗기고 몸이 고됐지만, 직장에서 주어진 일은 당연히 내가 책임지고 해야 한다는 생각에 힘들다고 불평을 해본 적이 없다. 그리고 직장생활을 하면서 개인적인 사정으로 연차, 월차를 쓰거나 회사를 결근해본 적도 없다.

피자가 우리나라에 처음 들어왔을 때니까, 아마 1990년대 초반쯤인 것 같다. 어느 날은 야간근무를 하고 있는데 맛있는 피자가 사무실로 배달되어 왔다. 알고 보니, 회사 이완진 회장님께서 저녁시간에 회사 주변을 지나시다가 회사 사무실에 불이 켜진 것을 보신 것이다. 우리 경리부가 야근을 한다는 말을 듣고 피자 가게에 들러 주문 배달을 부탁하고 가셨다고 했다.

그때 나는 큰 감동을 받았다.

'그래, 맞다. 경영자는 이렇게 직원들에게 관심과 배려를 해야 한다.'

이 일을 계기로 나도 그런 생각을 가지게 되었다.

대한뉴팜㈜ 이완진 회장님께서는 평소에도 직원들에게 관심과 배려를 아끼지 않는 분이시다. 그러다 보니 직원들 모두 회사에 대한 충성도가 높았고 이직률도 낮았다. 그렇게 직원들이 스스로 열심히 일을 했기 때문에 대한뉴팜㈜은 계속 성장할 수 있었다.

나의 최초이자 마지막 사수 역할과 멘토

첫 직장 대한뉴팜㈜는 미원그룹대상그룹 관계사로, 영등포 대림동 미원사료공장에서 출발했다. 입사 당시 회사는 창립 초기였고, 경리부에는 나와 현금 출납을 관리하는 이자연이라는 여직원 한 명뿐이었다. 둘이서 경리

업무, 총무업무 등 내부 관리 업무 모두를 처리해야 했다.

사업총괄은 신광호 부장, 생산부는 임광순 부장, 영업부는 신철웅 부장, 제품허가 등은 서울대 수의대 수의과 출신인 수의사 최민철 과장, 이후장 대리가 내 입사 이후 입사하여 함께 근무했다. 이후 최민철 과장, 이후장 대리는 회사를 퇴사하고 대학원에 진학했다. 그리고 지금은 두 분 모두 대학교에 교수로 근무하고 있다. 최근 경상대학교 이후장 교수가 광주에 일이 있어 내려왔다가 연락을 해서 함께 점심을 먹었다. 거의 25년 만에 얼굴을 보는 것이었다.

초창기에는 결산 시기에 미원사료공장 경리부 이영재 이사님과 박은호 부장 등 직원들이 찾아와 결산 업무를 도와주곤 했다. 다행히 군 입대 전 세무사 사무실에서 2년 정도 근무하며 회계 결산 업무 등을 직접 했던 경험이 있어, 이영재 이사님께서 가르쳐 주신 일들에 바로바로 적응할 수 있었다.

이영재 이사님은 그때 미원사료공장 경리부 과장으로 일하시면서, 바쁜 와중에도 시간 날 때마다 우리 회사 사무실에 들러 나에게 챙겨야 할 일들을 꼼꼼하게 가르치고 지도해주셨다.

당시 회사 경리부에는 내 위로 직속 상사가 없었기 때문에, 일을 할 때 어렵거나 불편한 점이 있었다. 그런데 이때 이영재 이사님이 오셔서 사수이자 매니저 역할을 해주셨다. 내 직장 최초이자 마지막 사수였기에 소중하고 감사한 분이다.

미원사료공장 경리부에 이영재 이사님을 비롯하여 박은호, 이광승, 이교영 부장들이 함께 근무했다. 모두가 좋으신 분들이라 가족 같은 분위기에서 근무할 수 있었다. 그래서인지 미원사료 영등포 공장에서 함께 근무했던 경리부 직원들은 지금도 모임을 해나가고 있다는 소식을 들었다. 코로나 팬데믹이 종료되면 나도 그 모임에 나가 이영재 이사님께 감사의 마음을 전하고 싶다. 또 박은호 선배, 이광승 선배, 이교영 선배들과 만나 술 한 잔 주고받으며 감사했던 그 시절의 진심을 전하고 싶다.

내 아이들에게

처음 사회생활을 하면서 경험하고 느꼈던 것들 중 꼭 전해주고 싶은 이야기가 있다.

첫째, 부지런해야 한다.
둘째, 모든 것에 자신감을 가져야 한다.
셋째, 일을 절대 미루지 마라.
넷째, 아랫사람을 존중해라.
다섯째, 무슨 일이든 걱정 먼저 하지 말고 직접 부딪쳐서 해결해라.

02
하루 만에
여권을 만들다

대한뉴팜㈜ 재직 당시, 10년 근속 기념으로 회사에서 태국여행을 보내주었다. 내 인생 첫 해외여행이었고, 해외여행이 쉽지 않던 시절이라 더욱 기억에 남는다.

우리나라는 88서울올림픽이 끝나고부터 해외여행의 문이 열렸다. 1990년대 들어서면서 어르신들이 계모임이나 동창모임 등에서 동남아, 특히 태국여행을 다니기 시작했다. 그동안 어렵던 대한민국 경제 사정도 서서히 좋아지기 시작했고, 힘들게 사시던 부모 세대도 자녀들을 다 키워놓고 마치 유행처럼 해외여행이라는 것을 시작할 때였다.

그때만 해도 대한민국 여권은 서울 광화문 정부청사 1층 여권과에서만 발급이 가능했다. 지금이야 구청에서도 여권을 만들 수 있지만 그때는 오로지 정부청사 외교부 여권과에서만 여권을 취급했다.

여행사에 의뢰를 하면 서류를 일괄 위임받아 한꺼번에 여권을 신청해주었고, 여권 발급까지 2주 정도 시간이 걸렸다.

첫 해외여행이라 마음이 들떠 있던 그때, 여권을 의뢰한 지 일주일쯤 지나 여행사에서 연락이 왔다. 내 여권 발급이 안 된다는 것이었다. 이유를 알아보니, 그전 추석 연휴 때 가족 여행으로 속초를 가던 중 미시령 고개에서 차량 접촉사고가 있었는데, 그때 범칙금을 납부하지 않아 여권 발급이 안 된다고 했다. 그때는 교통사고가 나면 보험 처리를 하더라도 개인 범칙금으로 5만 원을 내야 했다.

관할 경찰서가 강원도 속초경찰서였는데, 지금처럼 교통 통신이 발달하지 않던 때라 범칙금 고지서가 아직 발부되지도 않은 상태였다. 지금이야 전화를 해서 팩스로라도 고지서를 보내주든가 아니면 은행 임시 납부계좌로 보내면 되지만, 그때는 팩스도 없고 은행지로도 발달하지 않아 우편으로 전달되던 시절이었다.

속초경찰서에서 고지서를 받아 납부하려면 며칠이 걸릴 수도 있어 하는 수 없이 다음 날 항공편을 이용해 직접 속초로 날아갔다. 그리고 속초경찰서에서 범칙금 고지서를 발급받아 납부하고 납부영수증을 가지고 돌아와 여행사에 전달했다.

그런데 또 문제가 생겼다. 여권 발급까지 2주의 시간이 필요한데 여행 날짜는 바로 내일이었던 것이다. 여행사에서는 '이번에 함께 여행하기 어려울 것 같다' 는 통보를 해왔다.

나는 여행사에 연락해서, 내 여권 서류를 전부 보내달라고 했다. 그리고 그것을 들고 광화문 정부청사 외교부 1층 여권과로 직접 방문을 했다.

'흠……. 누구한테 부탁을 해야 오늘 당장 여권을 발급받을 수 있을까?'

여권과 입구에 들어서서 한참 고민을 했다.

'여권 담당 과장에게 직접 사정을 이야기하고 부탁해볼까? 아니면 창구 여직원에게 사정하고 부탁해볼까?'

그때 마침 청사 1층에 있는 매점이 눈에 들어왔다.

'아! 청사 매점 주인이면 분명 여기에서 최소 몇 년은 근무했을 테니 정부청사에 있는 사람들을 대부분 알고 있지 않을까?'

불현듯 이런 생각이 스쳤다. 그때는 남자들 대부분이 사무실 내에서도 담배를 피우던 시절이라, 분명 외교부 과장이나 직원들 중 담배를 사러 오는 사람이 있을 거라는 확신이 들었다.

매점 문을 열고 들어서니 50대로 보이는 중년 여주인이 있었다. 나는 음료수 두 개를 사서 한 개를 매점 주인에게 건넸다.

"시원하게 한 잔 하세요."

"뭘 이런 걸 주시고……. 잘 먹겠습니다."

여주인은 한 번 사양을 하더니 곧 음료수를 받아들었다. 그리고 음료수를 따면서 먼저 말을 걸었다.

"무슨 일로 오셨어요?"

옳다구나 싶어서, 이런저런 사정을 자세히 이야기했다.

"회사에서 이번에 처음으로 해외여행을 보내주는데, 오늘 내로 여권을 만들지 못하면 이 기회를 놓친다지 뭡니까. 그래서 이렇게 서류를 챙겨서 직접 오긴 했는데, 누구를 만나 부탁을 드려야 할지 막막하네요."

여주인은 딱한 사정을 들으며 고개를 끄덕끄덕했다. 나는 넌지시 부탁의 말을 건넸다.

"저, 사장님께서 한 번 도와주실 수 있을까요? 여기서 매점을 오래 하셨으니 외무부 여권과에 근무하는 분들을 잘 알고 계실 것 같아서요. 사장님, 염치 불구하고 부탁드려 봅니다."

처음에는 본인도 그런 부탁할 사람이 없다고 하며 안 된다고 하더니, 곰곰이 생각한 끝에 "서류는 다 준비해왔어요?" 했다.

"네. 서류는 이렇게 다 준비해왔습니다."

여주인은 서류봉투를 받아들면서 "그럼 여기 가게 좀 잘 보고 있으세요. 잠깐 다녀올게요" 하고 가게를 나갔다.

나는 가게를 지키면서 초조한 마음으로 기다렸다. 얼마 후 여주인이 돌아왔다.

"두 시간 정도 있다가 저쪽에 있는 창구로 가보세요. 이름 얘기하면 여권을 내줄 겁니다."

전전긍긍하던 차에 희망의 빛이 비친 것이다.

"사장님, 감사합니다. 정말 감사드립니다."

얼마나 고맙던지, 여주인께 넙죽 인사를 드렸다. 두 시간을 어떻게 보낼까 하다가 광화문 교보문고에 갔다. 여행 중 비행기 안에서 읽을 만한 베스트셀러 한 권박경리 소설 토지 1권을 구입한 뒤 서점에서 시간을 보내다 여권과 창구로 가서 여권을 찾았다.

다들 안 된다고 하고 여행사에서도 해내지 못한 일을 내가 해낸 것이다.

여권 발급까지 2주 걸린다고 했는데, 나는 하루 만에 여권을 만들었다.

회사로 돌아와 여행사로 전화를 했다.

"여권 만들었으니 내일 함께 출발할 수 있도록 해주십시오."

"네? 여권을 만드셨다고요? 오늘?"

"네. 만들어서 지금 제가 가지고 있습니다."

"대단하시네요! 그걸 어떻게……. 그런데 어떡하죠? 당연히 안 되실 줄 알고 비행기 예약을 안 해놨는데, 내일 오전 비행기는 만석이라……. 내일 오후에라도 출발하실 수 있도록 저희가 조치해놓겠습니다."

그렇게 다음 날 오후 비행기로 일정을 잡았다. 회사 사장님과 직원들, 여행사 직원들까지, "어떻게 하루 만에 여권을 만드셨어요? 윗분 중에 빽이 있으세요? 도대체 어떻게 하신 거예요?" 하면서 신기해하고, 한편으로는 궁금한 듯 질문을 했다.

"그건 비밀입니다!"

궁금증은 궁금한 대로 남겨 둬야 신화가 된다. 그리고 그 일은 회사에서 두고두고 회자되었다. 이렇게 해서 나는 다른 직원들과 함께 난생 처음 태국으로 해외여행을 갈 수 있었다.

이 글을 쓰면서 지금 생각하니, 그때 정부청사 매점 여주인께 고마움과 감사 표시를 제대로 못 한 것 같아서 아쉽다. 태국 여행 중 선물이라도 사다 드리고 찾아뵙고 감사 인사를 할 걸, 하는 미안함이 남는다.

03
회사는 사표 수리를
해주지 않았다

대한뉴팜㈜은 나에게 첫 직장이었다. 창립 초기 멤버로 입사하여 실무자로서 총무, 경리 등 내부 관리 전체를 담당했다. 그곳에서 15년 정도 근무했다. 개인적인 사정으로 사표를 쓰고 떠나와야 했지만 회사는 한동안 내 사표를 수리해 주지 않았다. 그리고 여러 가지 좋은 조건을 제시하면서 회사에 남아줄 것을 요청했다. 그러나 당시 갑작스러운 교통사고로 인해 형제들을 잃었고, 이때 가장 힘들어 하시는 부모님을 가까이에서 모시고 살며 조금이나마 위로해드리고 싶은 마음뿐이었다. 부모님이 계신 고향 가까운 곳으로 가서 사는 것이 자식된 도리라고 생각했다.

그래서 회사에 나에 마음과 상황을 몇 차례 전했지만 회사에서는 내가 계속 일해주기를 바라는 마음이 컸기에 사표 수리를 미뤘다. 그러다 사표 제출 6개월 만에 문영찬 이사님께서 말씀을 주셨다.

"양 과장, 회장님께서 사표를 수리해주신다네. 그러니 올라와서 회장님 찾아뵙고 내려가."

대한뉴팜㈜ 회장님은 나의 사직서에 결재 사인을 하시면서, "양 과장은 다른 회사에 가면 회사 전반적인 경영기획 쪽 일을 하면 잘할 것 같다" 하시며 조언을 해 주셨다. 그렇게 사표를 최종 수리해주셨다. 그러면서 내게 한 가지 부탁을 하셨다.

"양 과장, 자네 후임은 대상그룹 직원 중에서 가장 일 잘하는 친구로 자네가 직접 찾아서 데려다놓고 가게."

그래서 나는 일 잘하고, 평소 가깝게 지내던 박은호 부장 선배를 찾아가 저녁식사를 청했다. 박은호 선배는 대상사료사업본부 경리부에서 근무하다 그때는 대상 청정원으로 자리를 옮겨 근무하던 중이었다. 저녁을 먹는 자리에서, 선배에게 내 자리로 이직해달라며 나의 사정을 이야기했다.

다행히 박은호 선배 내 사정을 충분히 공감했다. 그래서 기꺼이 본인의 이직을 결정했다. 내 자리에 박은호 선배가 대신 와준 덕분에, 나는 마음 편하게 대한뉴팜㈜을 떠나올 수 있었다.

대한뉴팜㈜ 이완진 회장님께서 내게 "양 과장은 다른 회사에 가면 회사 전반적인 경영기획 쪽 일을 하면 잘할 것 같다"는 말씀을 하실 때 그 깊은 뜻을 몰랐다. 하지만 지나고 나니, 나의 업무 방식은 분명 다른 사람과 달랐고, 회사 일을 우선으로 챙겼으며, 자금 등 위기 대책을 미리 준비해서 보고했고, 경영진이 알고 싶어하는 경영 자료는 미리 챙겨서 보고를 했다.

나는 내 담당 부서에만 국한해서 일처리를 하지 않았고, 회사의 다른 부서까지 아울러 전체를 보고 일하는 좀 특별한 직원이었다.

04

한국프라임제약㈜에
입사하다

회사와 직원이 함께 성장하는 기업

광주로 이사 와서 다니게 된 두 번째 직장이 한국프라임제약㈜이다. 한국프라임제약㈜은 첫 직장이었던 대한뉴팜㈜과 같은 전문의약품과 일반의약품을 제조·판매하는 제약 회사다. 다행히 하는 일의 프로세스가 크게 다르지 않아 회사 업무에 적응하는 데 큰 어려움이 없었다.

한국프라임제약㈜은 호남지역 광주에 본사를 둔 유일한 제조제약 회사다. 전국에 지점을 두고 있으며 연구소는 수원에, 사업부는 서울에 있었다.

한국프라임제약㈜은 직원들에게 특별한 복리후생을 해주었는데, 매년 목표 매출을 달성하면 입사 7개월 이상 되는 전 임직원을 대상으로 해외 워크숍을 보내주었다. 나 또한 입사 당해 처음 중국 심천, 마카오 쪽으로 해외여행을 다녀왔다.

사실 직장인들이 따로 시간을 내서 해외여행을 하기는 쉽지 않다. 그런데 회사가 시간과 돈을 투자해, 직원들이 시야를 넓힐 수 있도록 해외여행을 시켜주니 참 좋은 정책이라 생각했다. 그렇게 매년 목표 달성을 할 때마다 해외로 워크숍을 갔다.

회사에 입사하고 업무 시스템을 지켜보니, 매출 목표만을 기준으로 모든 회사 업무가 영업 관리 위주로 돌아가고 있었다. 그래서 세무, 재무, 인사 등 조직의 중요한 관리 부분에서 문제가 보였다.

당연히 영업이 중요하지만 재무, 세무, 인사 부분의 관리가 체계적으로 이루어지지 않으면 경영 분석과 장단기 사업 계획, 조직의 내부 통제, 대외적인 업무 대처에 문제가 생길 수밖에 없다.

입사 후 1년 동안 회사 업무 프로세스를 지켜보았지만, 내가 속한 부서경리부에서 업무 시스템을 바로 잡기에는 한계가 있어 보였다. 그래서 입사 1년이 지나고 나서, 일부 부서의 부서명을 변경하고 업무 범위를 조정해야 할 필요성을 경영진에 설명·보고했다. 경영진에서는 내가 올린 기안을 검토한 뒤 다음 날 바로 기안 내용 전부를 승인해주었다. 이로써 '경리부'의 명칭이 '경영지원부'로 변경되면서 업무 범위도 확대되었다.

경리부를 경영지원부로 변경

경리부의 명칭 변경과 업무 범위 확대를 제안한 이유는, 회사 전체 일들을 챙겨보는 데 한계가 있음을 깨달았기 때문이다. 세무, 재무, 회계, 자금 부분의 일을 하다 보면 일부 부서와 갈등이 생기기도 하는데, 이때 업무의 한계 때문에 갈등을 해결하기가 쉽지 않았다. 그래서 관계 조정 역할을 할 부서가 필요하다는 생각을 한 것이다.

이후 경영지원부 부장으로서 회사 사규 정리·수정·변경하고, 회사의 모든 경영 성과 등을 분석해서 자료를 만들고, 기타 경영 지원과 관련된 일들을 하나하나 할 수 있었다.

특히 중소기업청, 중소기업진흥공단, 기술신용보증기금, 전라북도 기업 지원과 등을 방문하여 중소기업 지원정책 등 지원 사업들을 챙겨 보며 대외업무를 일일이 협의하고 진행해나갔다.

현재 전북 봉동전주 과학산업단지에 있는 제1공장을 신축할 때의 일이다. 회사는 기업은행에서 대출을 받아 공장을 신축하려는 계획이었다. 그러나 조건을 꼼꼼히 살펴보니 정부 지원자금을 받는 편이 나았다.

그 길로 중소기업진흥공단을 방문해서 해당사항을 체크하고 승인을 받았다. 정부 지원 자금 계획안을 기업은행에 제시하며, '이보다 조건이 더 좋다면 기업은행 시설 자금으로 공장을 지을 것'이라고 기업은행 지점장에게 말했다. 그러나 기업은행 측에서는 이율이든 원리금 상환 조건이든, 중소기업진흥공단보다 좋은 조건을 제시하지 못했다. 그래서 더 좋은 조건으로 정부 지원자금을 받아 봉동에 한국프라임제약㈜ 제1공장을 신축할 수 있었다.

그 이후 벤처기업 인증, 이노비즈 인증기업기술혁신형 중소기업, 메인비즈 인증기업경영혁신형 중소기업, 전라북도 광주광역시 유망 중소기업, 일하기 좋은 기업 대상, 수출 유망 중소기업 등 회사 신용과 이력에 필요한 인증서들을 하나하나 준비해서 받았다.

열심히 일하다 보니 회사에서도 인정을 받아, 경영진에서 이사 임원으로 승진하게 되었고 그해 등기 임원으로까지 임명되었다.

이후 회사 매출은 계속 성장하고 직원 인원수도 증가했다. 규모가 커짐에 따라 사업부서별로 관리·통제가 필요하다고 판단, 사업본부제도를 시행했다. 경영지원본부, 생산본부, 영업본부, 연구개발본부, OEM, OTC사업부 등으로 조직을 개편하고 중견기업으로 발전을 준비했다.

본부장은 이사급 이상 임원으로 구성했으며 임원 승진에 대해서는 철저하게 검증했다. 근무 태도와 평소 직원들의 평판을 살피고, 최고 경영진의 의중을 종합 파악하여 추천했으며, 최고경영자가 최종 결정 승인을 하는 방식이었다.

광주에서 만난 고교 선배와 친구

우리 회사의 주거래 은행은 광주은행, 기업은행, 외환은행이었다. 그 와중에 2008년 광주은행 행장으로 송기진 선배님께서 부임해오셨다. 송기진 선배님은 벌교상업고등학교 선배로, 우리은행에서 지명되어 광주은행 행장으로 오시게 된 것이다. 후배의 한 사람으로서 대단히 자랑스러웠다.

당시 광주은행에는 동창 이승학, 최대성이 있었고, 후배로는 유철수가 근무하고 있었다. 그 외에도 벌교상고 선배 몇 분이 근무하고 있었다.

광주은행은 1997년 IMF 당시 정부 지원금을 받아 부실 위기를 극복했는데, 이때 우리은행이 대주주로서 항상 광주은행 행장을 선임해 부임했다. 송기진 행장님은 광주은행 경영을 맡아 훌륭한 실적을 내면서 연임까지 했다. 그러다가 박근혜 정권이 들어서면서 광주은행에서 퇴임을 하셨다.

송기진 행장님이 광주은행에 계시는 동안 최대한 거래를 늘려갔지만, 우리 회사가 한참 성장하는 시기라서 경영 실적이 계속 좋았고 시설자금 등도 크게 필요하지 않아 은행 차입금 거래는 많지 않았다.

하지만 당시 임직원들의 퇴직금을 은행, 신탁, 증권 회사 등에 예치하여 관리하도록 한 규정 법률들이 생기면서 은행마다 기업들의 퇴직금 납입 유치 경쟁이 치열한 시기였다. 그래서 나는 회사 최고경영자에게 보고하여, 우리 회사도 퇴직금 추계금액 일부를 선배님이 계신 광주은행에 예치하기로 승인받았다. 당시 광주은행 금남로 지점에 8억 원을 예치했다.

은행 지점장들에게는 퇴직금 유치 실적이 상당한 가산점이 된다는 이야기를 들었다. 그래서인지 송기진 행장님께서는 광주은행 금남로 지점 부지점장 한 분을 동광양 지점 지점장으로 승진 발령하셨다.

고교 동문 선배가 우리은행 부행장을 역임하고 광주은행 행장까지 오르시는 모습을 지켜보면서 참 자랑스럽고 좋았다. 후배로서 존경심이 생겨났다.

송기진 행장님은 모교 사랑도 대단한 분이었다. 재직하시는 동안 전라남도 교육감과 잘 협의하여 '벌교상업고등학교' 라는 모교의 명칭을 되찾았고 한동안 벌교상업고등학교의 이름이 벌교제일고등학교로 변경되어 있었다, 공립 특성화 고등학교로 만드는 데 크나큰 공을 세우셨다. 이런 훌륭하신 선배님이 광주은행 행장으로 계시는 동안 나도 가끔 행장실로 찾아가 뵈었다. 후배로서 특별히 존경하는 내 마음을 전하고 교류를 했다.

선배님께서 퇴임 후 처음으로 광주에 내려오셨을 때 나의 박사학위 취득 소식을 듣고, "양 박사, 자네 벌교중학교 친구 중에 김인곤 박사라고 있는데, 같이 한 번 보는 게 어떻겠나? 박사 후배들이랑 축하 저녁 한 번 하자" 하셨다.

선배님 말씀대로 시내 충장로에 있는 '송하원' 에 저녁을 예약했다. 은행장과 회사 임원이 아니라 고등학교 선후배로서 술잔을 기울이며 늦게까지 정다운 이야기를 나누었다 전남대학교를 졸업한 김인곤 공학박사는 나와 벌교중학교 동창이었고, 송기진 선배와는 중학교 동문이었다.

은행에서 성공한 선배 이야기를 쓰다 보니 떠오르는 친구가 있다. 은행 근무했던 친구 중에 기업은행 부행장까지 승진하고 기업은행 충청·호남 본부 책임자로 있다가 퇴임 이전까지 광주에서 근무했던 조충현이라는 멋진 친구가 있었다.

조충현은 고등학교 시절 열심히 공부하던 모범생이었다. 학교 다닐 때는 그 친구와 소통할 기회가 많지 않았지만 송경화, 강진수, 김종길, 장두표, 김남태 등 조충현의 가까운 친구들과는 친분을 가지고 소통하며 지냈었다.

조충현과는 고등학교 1학년 때 특별한 추억이 있다. 어느 날인가 조충현과 쉬는 시간에 장난을 치다가 그것이 둘 사이에 싸움으로 번지고 말았다. 그때 흔한 고교생들의 드라마 속 장면처럼 "야, 너 학교 끝나고 남아" 했던 추억이 있다.

그날 수업 끝나고 우리는 지금의 벌교터미널 뒤, 『태백산맥』에 나오는 최부잣집 부근에서 둘이 주먹다짐을 했다. 아마 그때 조충현은 김종길을 비롯한 고흥 출신 친구들과 함께 몰려왔고, 나는 김종호와 벌교중학교 출신 몇몇 친구들을 대동한 채 뒷산으로 올라갔던 기억이 희미하게 있다.

지금 생각하니, 여차하면 벌교와 고흥 학생들의 패싸움으로 번질 수도 있는 아슬아슬한 순간이 아니었나 싶다.(농담)

"조충현, 이 친구야! 이후 사회에서 만나 자주 소통하고 지내면서, 내가 좋아했던 것 잘 알지?"

05

내가 회사에서
일하는 방식

나는 회사 일을 원칙에 따라 체계적으로 처리했다.

첫째, 내가 회사에서 하는 모든 일은 데이터로 남겼다. 연, 월별 단위로 통계를 내고 중요한 데이터는 3년 & 3개월 단위로 비교 파일을 만들어 보관했다. 어떤 사항을 보고 할 때도 항상 3년, 3개월 전후 데이터를 비교·분석하여 보고했다. 또한 그 데이터를 막대그래프, 점선그래프 등으로 그려서 보고 자료로 활용했다.컴퓨터가 없던 시절에는 자와 펜을 가지고 직접 그려야 했다.

둘째, 내가 하는 일에 문제가 있을 때, 먼저 문제 해결을 위해 부서원들과 사전 협의하고 가능하면 그 일에 대안을 만든 뒤 보고를 하는 방식으로 일을 했다. 내가 맡은 일에 대해서는 가능하면 내가 직접 처리하려고 했고, 아래 직원들이 늦게까지 일을 할 때는 나도 그들과 같이 남아 일을 처리했다. 아래 직원들이 일할 때, 상사라고 해서 혼자만 일찍 퇴근하는 일은 없었다.

상사들이 어떤 일에 대해 지시하기 전에 내가 스스로 챙겨 미리미리 했다. 그것이 내가 회사에 소속되어 연봉을 받는 이유이고, 회사가 나를 필요로 하는 이유라고 생각했다.

셋째, 중요한 경영 데이터는 상사들이 찾기 전에 보고했다.

'이때쯤 경영자들이 이 자료와 이 통계를 보고 싶어하실 것이다', '이 자료는 상사들이 알고 있어야 하는 자료다' 싶으면 데이터 보고 시점을 미리 생각하고, 사전에 보고하는 습관을 가지고 일해왔다.

넷째, 내가 만든 자료는 관련 부서와 공유하는 습관을 가졌다.

조직은 나 혼자 열심히 일한다고 해서 잘되는 곳이 아니다. 각 부서의 상호 협조 하에 일이 돌아가야 한다. 그렇게 때문에 내가 만든 자료가 필요하다 싶은 부서에는 내가 먼저 공유했다.

또한 회사 일을 서로 미루는 부서가 있을 때는 그 일을 무조건 우리 부서로 가져왔다. 그것이 맞다고 생각했다. 회사에서 할 일이 많다는 것은 내가 그만큼 회사에 필요한 사람이란 말이요, 내가 회사 일이나 정보를 더 많이 알 수 있는 기회가 되는 것 아닌가? 어쨌거나 '누가 하든 회사일이니 해야 하지 않냐?'는 생각이었다. 그러다 부서 일이 진짜 늘어나서 부서원들이 처리할 수 없을 만큼 많아지면 그때는 인원을 충원해서 일하면 되는 것이다.

다섯째, 회사 전체를 위해 필요한 일이 무엇인지 항상 고민했다.

나는 신입사원 때부터 윗사람이 지시하기 전에 일을 스스로 찾아서 하는 습관이 몸에 배어 있었다. 그래서 맡은 일을 끝낸 다음에는, 그다음 일을 챙겨 스스로 만들어서 했다.

내부 업무는 물론 대관 업무나 대외 거래처 등에 협조 사항이 있으면 사전에 충분히 공감하려고 노력했다. 또한 회사 추진 업무에 필요한 인증사항이나 홍보 관련 정부 지원사항 등을 처리할 때는 관련 부처 담당 직원과 수시로 만나 소통하면서 일처리를 했다.

'이건 이렇게 해라, 저건 저렇게 해라' 이렇게 가르쳐준 사람은 없었다. 그러나 일을 추진할 때는 늘 '내가 사장이라면 이 일을 어떻게 처리할까?' 하고 고민했다. 그러면 정답이 떠올랐다.

직장생활에서 성공하려면 '내가 주인' 이라는 생각으로 '내 일' 처럼 하면 된다고 생각했다. 내가 사장이라면 '다른 사람보다 일찍 출근해서 늦게 퇴근하고, 회사에 결근하지 않고, 회사 일을 내 일처럼 먼저 챙기는 사람'을 당연히 승진시키고 연봉도 더 챙겨주지 않을까? 그런 생각을 가지고 지금까지 35년 넘게 직장생활을 했다.

첫 직장이 신설 회사다 보니 한 회사의 내부 관리를 도맡아서 하게 되었다. 그렇게 일하면서 회사의 각 부서와 시스템이 상호 협력해야 자연스럽게 돌아간다는 것을 알게 되었고, 그렇게 일하는 게 습관이 되었다. 첫 직장에서 전체 업무를 크게 볼 수 있었던 것이 이후 직장생활에서 큰 도움이 되었다.

특히나 임원이 되어서도 직원들과 일하면서 크게 직원들의 일을 간섭하지 않았다. 스스로 일을 찾아 했던 내 자신처럼 직원들 스스로 일을 할 수 있도록 큰 주제만 챙겨주고 스스로 하도록 크게 간섭하거나 잔소리를 하지 않았다. 직원들 스스로 일을 처리해야 책임감을 가지고 창의적인 생각과 일의 성과가 좋을 것이라는 생각이 컸다.

내가 처음 직장인 대한뉴팜(주)에 입사해서 일할 당시 회사는 계속 성장하는 단계였다. 그래서 시설자금이나 운영자금이 부족할 수밖에 없었다. 이러한 상황을 충분이 알기에, 자금 수급에 문제가 생기지 않도록 매년 단기 1년 자금계획과 장기 3년 자금계획을 세웠다. 기계구입자금, 시설자금 등 큰 자금이 들어갈 것을 예상하고 미리 은행과 협의해 자금 대책을 마련해두었다.

그때는 은행이 '갑' 이던 시절이라 자금 대출 시 대부분 회사 대표들이 은행에 직접 나가 서명을 해야 했다요즘은 은행에서도 회사 경영진들의 바쁜 사정을 알기에 대표자의 일정에 맞춰 방문하여 서명을 받아가는 것이 통상이 되었다. 그렇지만 나로서는 회사 대표자 일정이 더 중요했다. 그래서 대표자가 회사에 있는 시간에 은행직원 중 한 명이 우리 회사 쪽으로 출근해서 직접 대표자 서명을 받아가도록 은행과 좋은 협조 관계를 만들었다.

직장인이 된다면

첫째, 가장 먼저 출근하고 가장 늦게 퇴근해라.
상사들도 네가 먼저 출근해 있는 모습을 보면 부지런하다는 생각을 하면서 반갑게 아침인사를 건넬 것이다.
업무 중에 깜박 잊고 처리하지 못한 것이나 시간이 부족해서 미뤄두었던 일은 퇴근 이후 시간에 하라. 마지막까지 사무실에 남아서 일과를 마무리하다 보면 그런 일들이 보일 것이다. 일을 찾아서 하는 게 습관이 되면 일의 성과도 남들과 다를 것이다.

둘째, 회사에 어떤 일이 있을 때 항상 앞장서서 직접 하려고 해라.
어느 조직이든 5~10%의 적극적인 사람이 그 조직을 이끌어간다. 편하게 일하는 것이 당장은 좋다고 생각할 수 있지만, 직장에서 편하게 성공한 사람은 없다.
또 근무 시간에 정신없이 움직이고 적극적으로 일해야 근무 시간이 후딱 지나간다. 뒤로 빠져서 지켜보는 것보다 먼저 나서서 회사 일을 해결하는 것이 마음도 편하고 행복할 것이다.

셋째, 회사의 모든 일은 우리 조직의 일이다.
'우리 부서의 일' 과 '다른 부서의 일' 로 딱 잘라 구분해서 일을 상대에게 미루는 사람은 절대 성공할 수 없다. 우리 부서든 다른 부서든, 결국 내가 속한 회사의 일이다.
그런 경우 무조건 우리 부서에서 하겠다고 일을 챙겨와라. 일을 하다가 힘에 부치면 직원을 한 명 더 채용해서 나눠서 하면 된다.

넷째, 상사들이 일을 부탁하면 무조건 "예스!" 라고 말해라.
상사들이 너에게 일을 부탁하는 것은 그만큼 너를 믿기 때문이다. 상사의 믿음에 실력으로 존재를 증명해라.

다섯째, 상사가 일을 시키기 전에 먼저 챙겨서 일하고, 먼저 보고하는 습관을 가져라. 그래야 일이 더 즐겁고 일을 할 때 창의적인 아이디어도 떠오른다. 상사들이 시키는 일만 하다 보면 창의적으로 생각할 겨를이 없다.

여섯째, 일을 할 때 항상 비교 데이터를 함께 보고하고, 만약의 경우 미리 대책을 만들어 제시하는 습관을 가져라.

대부분의 직장인들은 상사가 물어보면 그때서야 허둥지둥 그것만 챙겨서 보고하기 바쁘다. 바쁘게 많은 일을 하다 보면 그 일들을 다 머릿속에 기억하지 못한다. 그러므로 항상 중요 데이터를 파일로 만들어 보관하고, 일을 보고할 때 3년 & 3개월 정도의 비교 데이터를 참고로 제시하는 습관을 가져야 한다.

그 자료들을 텍스트로 보관할 수도 있지만 필요에 따라 막대그래프나 점선그래프로 만들어 보관한다. 데이터를 텍스트가 아니라 이미지로 시각화해서 보고하면 보고 받는 사람도 흐름을 빠르게 판단할 수 있다.

일곱째, 내가 작성한 데이터라고 해도 다른 부서와 아낌없이 공유해라. 회사 일은 혼자서 하지 못한다. 각 부서 간 긴밀한 협조가 있어야 일이 원활하게 이루어진다. 내가 먼저 데이터를 공유하고 해당 부서에 피드백 해주어야 상대방도 내게 그렇게 한다.

회사일, 회사 정보는 나의 것이 아니라 회사, 그리고 직원 모두의 것이다.

06

회사 임원 이사로 승진

노력으로 이뤄낸 승진

한국프라임제약㈜에 입사하여 최선을 다해 열심히 일하다 보니, 2010년 1월 1일부로 이사 대우로 임원 임명을 받았다. 그해 승진 발령 임명장은 전 임직원이 중국 북경 워크숍을 간 자리에서 받았고, 임명장을 받은 그해 3월 정기주주총회 기간에 등기임원 등기 이사가 되었다.

임원으로서 더욱 무거운 책임감을 느꼈다. 임원이 되고 나서 회사 일을 깊이 있게 챙겨보게 되었으며, 임원으로서 책임을 다 하기 위해 계속 챙기고 깊이 생각하며 일했다. 또한 경영을 체계적으로 배우고 공부하기 위해 경영대학원 최고경영자 과정도 다녔고, 경영을 이론적으로도 공부하기 위해 대학원에 입학했다. 이후 2014년 1월 1일에 상무이사로 승진하고, 다음 해 2015년 1월 1일에 전무이사로 승진했다.

신입사원 때부터 지금까지, 직장생활을 하는 내내 '내가 회사의 주인' 이라는 생각을 가지고 일했다. 책임감이 강했고 내 일처럼 일했던 점을 회사 경영진에게 인정받아 전무이사까지 승진할 수 있었다고 생각한다. 나는 회사 발전에 기여하는 능력 있는 임원이 되겠다는 생각으로 인사조직, 마케팅 등 부족한 부분은 경영을 배우고 공부하면서 지금껏 일해오고 있다.

이때 내가 전무이사로 승진했다는 소식을 듣고 친구, 선후배 그리고 지인들이 많은 축하와 화환을 보내주어 큰 힘이 되었다. 이 글을 통해, 응원해 주신 모든 분께 깊은 감사의 마음을 전해본다.

특히 늘 멀리서 나를 응원하고 믿어주었던 친구 송경화는 백화점에서 산넥타이와 응원이 담긴 카드를 택배로 보내와 승진을 축하해주었다.

"송경화, 자네의 진심과 응원이 나에게 용기가 되고 힘이 되었다네."

그리고 항상 마음으로 나를 응원해 준 친구 신홍우, 김성찬, 김남태, 신정식, 박종갑, 한희석, 임운기, 이용옥, 홍상곤, 최진영, 이승학, 박형래, 김태균에게 감사한다.

▲지인들이 보내준 임원 승진 축하화환

"친구들, 항상 건강하게 오래도록 우정 나누며 살아가자. 멋지게, 즐겁게, 인생 추억 만들면서 살아가세나."

또한 항상 응원해 준 데일리팜 김민혁 이사에게도 감사하고 고마운 마음을 전한다.

샐러리맨의 최고의 꿈

샐러리맨들의 가장 큰 꿈은 회사에서 인정받고 승진하여 임원이 되는 것이다. 임원이 되면 대개 억대 연봉과 전용 법인차량 그리고 나만의 사무실 방을 가질 수 있다. 이 글을 쓰는 지금, 나는 샐러리맨으로 그 꿈을 이루었다고 생각한다.

나는 직장생활을 하면서 처음 첫 직장에서부터 지금까지 35년이 넘는 시간 동안 최선을 다해 일했다. 완벽하고 세련된 화이트칼라로 자리매김하기 위해 부지런히 노력하며 앞만 보고 달렸다. 내 연봉을 높이기 위해서 일한 것보다는, 도전하고 공부하면서 하나하나 이루어나가는 것이 참 좋았다. 그렇게 일하다 보니 저절로 최고의 연봉을 받는 자리까지 승진해 있었다.

아마 내가 돈을 우선으로 생각했다면 직장생활이 아니라 사업을 선택했을 것이다. 그리고 사업을 했더라도 분명 성공했을 거라고 자신한다. 즐기면서 일을 했다.

회사의 CFO Chief Financial Officer, 회사의 자금 부분 전체를 담당하는 총괄책임자로 회장인 최고경영자(CEO), 사장인 최고 업무책임자(COO)와 함께, 3대 최고경영인으로 분류된다로서의 역할과 책임도 분명 중요하다. 그러나 기회가 주어진다면 최고경영자CEO로서 지금까지 일해왔던 경험을 바탕으로 조직을 더욱 안정·성장·발전시킬 수 있는 자신과 열정이 있다.

내가 생각하는 임원의 자격

임원이 되려는 사람은 자신이 먼저 회사의 주인처럼 일해야 한다. 거기에는 내 나름대로 철저한 기준이 있다.

첫째, 리더십추진력

둘째, 마인드와 생각회사에 대한 충성도, 생각의 크기

셋째, 일처리 능력업무 처리 실력

넷째, 근무 태도출퇴근 상황

다섯째, 직원들과의 소통타 부서와도 함께 일을 공유하고 처리

여섯째, 책임감맡은 업무에 대한 책임경영

일곱째, 혁신 능력새로운 사업 등에 대한 추진력과 관심

여덟째, 재무적인 관심원가 개념, 주인의식, 회사 상황 공감

아홉째, 솔선수범배려하고 힘든 일을 앞장서서 하려는 사람

열 번째, 인재 등용유능한 인재 발굴과 육성

임원이 된다는 것은 회사의 진짜 주인으로 인정을 받는 것이다. 그러므로 회사 발전을 위해 고민하면서 일해야 한다. 책임감을 더 많이 가져야 하는 것은 물론, 출근부에 기록하지 않더라도 본인 스스로 회사 발전을 위해 시간을 경제적으로 써야 한다. 이런 마인드를 갖는 것이 임원이 되기 위한 첫걸음이다.

07

기업은 최고경영자의
의사결정이 중요하다

회사라는 조직이 항상 성장·발전만 하는 것은 아니다. 기업 최고경영자들은 정도 경영을 목표로 하지만 일하다 보면 환경 문제, 노동 문제, 산재 문제, 내부고발 문제 등 항상 경영 리스크가 존재한다.

중소기업은 최고경영자의 역할이 대기업보다 더 크고 회사 경영에 미치는 영향이 큰 만큼 최고경영자의 면모가 중요하다. 우리 회사도 한참 성장하는 시기에 외부 문제로 회사 최고경영자에게 어려운 일이 닥쳤다. 내가 모시고 있던 최고경영자는 정형외과 의사로, 개인적으로 병원법인 의료재단을 운영하고 있었다.

그러나 제약회사의 매출이 성장하고 규모가 커지면서, 회사 최고경영자로서 일들이 많아지다 보니 병원까지 운영하기에는 시간이 부족했다. 그래서 병원 운영을 다른 경영인에게 전부 넘기게 되었다. 그런데 병원을 인수하여 운영하던 이사장과 의사가 갈등을 겪으면서 내부 고발 사건이 발생했고, 어쩌다 그 불똥이 최고경영자에게 튀었다.

최고경영자가 병원을 운영하는 기간 중 몇 가지 위법 사항이 있었는데,

그 문제가 불거지면서 결국 구속 수사를 받게 되었다. 위법 사항이라고는 하지만, 지방에 있는 병원의 인력이 부족하다 보니 종합병원에서 통상적으로 범하는 경미한 일이었다. 그러나 의료법 기준으로는 문제가 될 수 있는 사항이었던 것이다.

기업은 최고경영자의 의사결정이 중요하다. 특히 중소기업에서 최고경영자가 문제가 되고 공백이 생기면 상당한 어려움이 있을 수밖에 없다. 나는 구속수사를 피하고 법적 리스크를 최소화하기 위해 변호사를 선임한 뒤 각종 서류를 챙기고 변호사와 대처해나갔다.

변호사를 선임하고 업무 처리를 하는 과정에서 느낀 점은, 나와 회사에게는 가장 중요한 이 일이 변호사에게는 각종 사건 가운데 한 가지일 뿐이라는 것이다. 그들로서는 적절하게 에너지를 분배해서 변호사로의 의무를 하고 수임료를 받는 것이 중요한 듯 보였다. 그래서 오전에 사무실로 출근해 회사 업무를 챙긴 뒤 10시 정도에 최고경영자를 면회해서 업무 보고를 하고, 곧바로 변호사 사무실로 갔다.

우리 회사 최고경영자의 사건을 계속 인지시켜야겠다는 생각으로 변호사와 사무장을 만났다. 그래야지만 한 번이라도 더 우리 자료를 챙겨 보고 해결하기 위해 고민할 것 같았다. 그렇게 6개월 정도, 사건 해결을 위해 변호사들과 대책하고 뛰어다녔다. 그러는 동안 각종 상황이 감안되어 최고경영자는 집행유예로 나오시게 되었다.

최종판결은 당시 3심주심 1명, 부심 2명 합의로 형을 결정했는데, 처음 판결시 합의가 이루어지지 않아서 최고경영자의 최종형이 결정되지 않았다. 그렇지만 다행히 그 다음 주 월요일에 다시 최종 합의심을 하기로 했다는 소식을 변호사에게 전해들었다. 그래서 나는 주말에 최고경영자가 근무했던 병원의 직원을 만나러 갔다. 병원 재정이 어려운 시기에 최고경영자가 급여도 받지 않은 채 근무했다는 증거자료로 급여대장 복사본을 받았다. 그리고 다음 날 변호사 사무실로 출근하여 증거자료를 변호사에게 전했다. 그리고 변호사에게 특히 강조할 내용과 문구들을 직접 작성해서 챙겨주었다.

변호사는 "지금껏 어느 단체장, 시장 등의 사건을 많이 다뤄봤지만, 최고경영자의 사건을 참모가 자기 일처럼 걱정하며 불철주야로 이렇게 뛰어다니는 모습은 처음 보았다"고 얘기했다.

"최고경영자를 지극정성 챙기는 모습을 보니까 저희들도 변호사로서 책임이 무거워지더라고요. 그래서 일을 더 꼼꼼하게 챙겨보게 되었습니다."

어떤 일을 할 때 나는 잘 해결될 것이라는 긍정마인드로 정성과 최선을 다한다. 그렇게 마지막까지 일하다 보면 그 뜻이 반드시 이루어진다는 확신을 가지고 일해왔다.

08

시무식 비전
제시의 기회

관공서나 회사 조직은 시무식을 할 때 한 해의 목표와 중점 활동에 대한 키워드를 제시한다. 우리 회사도 매년 시무식에서 한 해의 목표를 제시하고, 목표 달성을 위한 경영전략 세 개 정도를 발표한다.

또 우리 회사는 전년도 목표를 달성하면 전 임직원이 동남아, 중국, 일본 등 해외에서 시무식을 개최하는 문화를 오래 전부터 유지해왔다. 그래서 항상 한 해의 목표와 경영전략 그리고 비전을 내가 직접 수립하여 최고경영자의 결재 승인을 받은 뒤 내가 시무식에서 발표하곤 했다.

경영전략의 선택은 최고경영자의 관심 분야와 희망 의중을 파악하는 것이 중요했다. 회사의 현재 상황, 문제, 변화와 혁신 등 우선 고려해야 할 것을 중점으로 다섯 개 정도 선별하고, 그 중에서 가장 시급한 것들로 세 개를 최종 선정했다. 그것을 최고경영자에게 승인받아 발표하고 추진했다.

또한 회사 조직은 안정적인 성장을 위해 장기비전과 단기비전이 반드시 필요하다. 우리 회사 또한 향후 10년의 장기비전을 제시하고, 그 비전을 달성하기 위한 세부 실천사항을 해당 중요 부서별로 제시해주기도 했다.

회사 조직에서 시무식은 새로운 한 해의 출발을 알리는 동시에 가장 의미 있고 중요한 시간이다. 그래서 임직원 모두가 목표와 비전을 공유하고 한마음으로 똘똘 뭉쳐 성장하기 위해서는 시무식을 잘 활용할 필요가 있다. 그것이 내가 시무식 경영계획 발표에 많은 공을 들이는 이유다.

▲시무식에서 비전과 경영전략을 발표하는 모습

우리 회사는 시무식에서는 임원 승진자 발표와 우수사원 표창, 장기근속자 포상 등 직원 사기 향상을 위한 행사를 겸하고 있다. 전년도 성과를 돌아보는 리뷰 시간도 가지고 있으며, 미진했던 부분과 회사의 비전도 공유하는 기회도 제공한다.

제약산업의 변화 – 케미컬 의약에서 바이오 의약으로

시대의 변화와 산업의 변화를 남들보다 먼저 알아차리는 것이 중요하다.

나는 제약회사에서 일하면서 항상 제약산업 전체의 흐름을 알려고 많은 노력을 했다. 그중 한 가지로, 매년 한국보건산업진흥원에서 발행하는 『보건산업백서』를 구입해 보건산업의 흐름과 제약, 보건과 제약산업의 흐름을 파악하며 업무를 했다. 이제 제약산업은 케미컬 의약에서 바이오 의약으로 빠르게 변화하고 있다.

나는 바이오의약협회를 방문해, 바이오 의약 기술이 뛰어난 벤처기업을 물색해달라고 부탁했다. 또 그 회사가 바이오 의약 개발을 공동연구개발하려는 의향이 있는지도 타진해달라고 했다. 우리 회사도 미래를 위해 바이오 의약 연구개발을 해야 한다는 확신을 가지고, 바이오 관련 세미나에 참석하는 등 변화의 흐름에 집중했다.

언젠가 운전을 하고 화순을 지나는데 '전남생물의약연구센터' 간판이 눈에 들어왔다. 그 길로 전남생물의약연구센터를 방문해 연구소장과 직원 관계자들을 만나서 인사를 했다. 우리 회사가 '전라도 광주에 유일한 전문의약품 제조 제약회사'임을 소개한 뒤, 의약품 개발에 상호 협력하기로 했다.

바이오 기술 인수

2010년, 전남생물의약연구센터 소장으로 취임한 한상인 연구소장을 통해 한양대학교 정영훈 교수를 소개받았다. 정영훈 교수는 우리나라에서 보톡스 균주를 최초 개발한 학자이다.

나는 그분이 연구 개발해 놓은 바이오 의약품 개발특허 52개국내특허와 국제특허를 우리 회사로 가져오기 위해 경영진에게 특허기술 상황 등을 설명했다. 그리고 회사 회장님은 특허기술 인수 승인을 해주셨다. 그 특허 전체를 가져오기까지 1년 이상 협상을 했다.

처음 계약은 정용훈 교수가 개발한 모든 특허를 일정 금액에 회사로 이전하고, 그 특허들을 기반으로 정용훈 교수와 협력하여 바이오 의약을 개발해나가는 것이었다.

하지만 그 과정이 쉽게 않았다. 정용훈 교수는 이전에 박ㅇ규라는 투자자로부터 일정금액을 투자 받아 메덱스젠㈜ 라는 회사를 설립했다. 그러면서 본인 주식의 과반수를 투자자에게 넘겼던 것이다.

사정이 이렇다 보니, 기술 이전을 위한 메덱스젠㈜ 주주총회 때마다 박ㅇ규의 방해로 정용훈 교수가 주주총회에 참석하지 못했다. 하는 수 없이 우리 회사에서 경호업체에 의뢰하여 정용훈 교수에게 경호원을 붙여주었다. 24시간 떨어지지 않고 경호하고 주주총회 일자와 장소를 여러 번 변경해 가면서, 6개월 만에 어렵게 주주총회에서 기술 이전이 통과되었다.

그러나 그 다음이 또 문제였다. 주주총회에서 통과되어 이전 계약서를 작성한 뒤 정용훈 교수와 상호 계약서에 최종 날인만 남은 상태에서, 이번에는 정용훈 교수가 계약을 망설였다.

정용훈 교수와 서울에서 만나기로 하고 여의도에 있는 약속 장소로 갔는데, 정용훈 교수가 다른 일을 핑계로 나타나지 않았다. 하는 수 없이 다른 날짜를 정해, 우리 회사 본사로 와서 계약하겠다는 약속을 잡은 뒤 광주로 내려왔다.

계약 날 우리 회사로 온 정용훈 교수는 계약 전에 화장실을 가더니 1시간 이상 화장실에 들어가서 나오질 않았다. 그 안에서 이런저런 생각을 했는지, 다시 날짜를 잡아 자신이 근무하는 학교에서 만나자고 했다. 그래서 다음번에 교수실에서 만났지만 이번 역시도 화장실에 다녀온다고 하시고 나가서 돌아오지 않았다.

이렇게 약속을 미루기를 수차례……. 계속적인 설득을 거친 끝에, 주주총회 통과 후 3개월 만인 2011년 11월에 기술이전과 정용훈 교수의 기술자문 계약까지 완료할 수 있었다.

이후 바이오의약연구소를 설립한 뒤 한국화학연구원에 근무하는 이학박사의 추천으로 광주과학기술원 출신 서인라 이학박사를 연구책임자로 영입했다. 이로써 본격적인 바이오 신약 연구가 시작되었다.

그동안 전라남도생물의약품연구센터소장 박경남와 '바이오 의약품과 천연의약품 개발 제조를 위한 투자 및 기술 협력' 강화를 위해 2012년 양해각서MOU도 체결했다. 그쪽 연구센터에서 천연의약품 등을 개발하면 같은 지역에 있는 우리 회사로 기술이전을 해야 한다는 생각을 가지고 협력 관계를 맺었던 것이다.

회사는 바이오 신약 개발을 시작한 이후 10년이 지난 현재 바이오 시밀러 황반변성 치료제를 개발하여 동물 실험까지 완료했다. 실험 데이터가 좋아 임상1, 2상을 실행해야 하는데 그러기 위해서는 상당한 자금이 필요했다. 투자자금을 모으기 위해 바이오 회사를 분사 독립하여 설립KP Biosciences, Inc.하고 투자자를 모집해, 벤처바이오 기업으로 코스닥 시장에 주식 상장을 준비하고 있다.

또 다른 연구개발 파이프라인으로 간암치료제 등 몇가지 프로젝트를 가지고 연구개발 중이다.

이제 중소·중견기업의 전문의약품 제조 제약회사는 케미컬 의약의 한계를 인지하고 바이오 의약과 건강기능식품 등 새로운 아이템을 연구 개발해야 한다. 그리고 세계시장에서 제약산업이 어떻게 변화하고 있는 알고 미리 준비해야 한다는 생각이다.

09

군대,
입영부터 전역까지

입영전야

1982년 3월 24일, 이날은 내가 대한민국 국민으로서 국방의 의무를 수행하기 위해 입대한 날이다.

나는 동네 친구와 함께 이발소에 들러 긴 머리를 **빡빡** 밀고 다음 날 입대하기 위해 잠자리에 들었다. 그러나 이런저런 많은 생각에 도무지 잠이 오지 않았다. 지난 밤, 송별파티라는 명목으로 동네 친구, 선후배들과 모여서 한 잔 술과 음악에 취해 즐거운 시간을 보냈지만 마음 한쪽이 무거워 마냥 즐겁지만은 않았다. 그날 밤이 지나면 30개월 동안 국방의 의무를 다하기 위해, 익숙했던 사람들과 떨어져 낯선 환경에서 생활해야하는 것이었다.

당연히 가야 할 곳을 가는데 마음이 왜 그렇게 무겁고 착잡한지……

잠이 오지 않아 고1 때 만나 내가 사랑하게 된 여자친구 조정란에게 편지를 썼다.

사랑하는 정란아

나는 이제 국방의 의무를 다하기 위해 긴 머리 자르고 푸른 제복을 입어야 한다. 30개월 동안 너에게서 떠나 있어야 하지만, 너를 사랑하는 마음만은 네 곁에서 너와 함께하고 있다는 것을 잊지 말아 주었으면 좋겠다.

지금의 헤어짐은 내일의 영원한 만남을 기약하기 위한 과정이다. 어른이 되어 진짜 사랑을 하기 위한 성장 단계라고 생각하고, 우리 각자의 자리에서 서로 할 일을 해나가자구나.

내가 군복을 벗고 다시 사회에 나오는 날, 널 마음껏 사랑하고 행복하게 해줄 수 있는 든든한 남자가 되어 있을 것이다. 너는 그동안 성숙한 숙녀가 되어 부족함 없는 생활 속에서 행복할 수 있길 바란다.

우리가 쌓은 추억 잊지 말고, 행복하고 영원한 우리의 사랑을 위해서 살아가자구나.

편지를 쓰고 나서 다시 잠자리에 들었지만 여전히 잠이 오지 않았다. 뒤척거리다 얼핏 잠이 들었는데, 잠결에 달그락거리는 소리가 들려 잠에서 깼다. 아들이 군에 입대하기 전, 아침밥을 먹이기 위해 어머니께서 새벽부터 일어나 부엌에 불을 밝히고 밥을 짓고 계셨다.

"어머니, 벌써 일어나셨어요?"

"……"

어머니는 아무 대답이 없으셨다. 어느새 눈에는 눈물이 고여 있었다. 밤새 잠 못 이루시고, 군 생활 건강하게 무사히 잘 다녀오라고 기도하셨다고 했다.

정성으로 차려주신 아침밥을 먹고 입영열차를 타기 위해 집을 나서며, 나는 더욱 씩씩하게 부모님께 인사를 드렸다.

"건강하게 군대 생활 잘하고 다녀오겠습니다."

부모님께 입대 인사를 하고 벌교남초등학교 집결지로 나갔을 때, 머리를 깎은 낯선 또래들과 현수, 광현이 등 아는 동창 몇몇이 보였다. 우리는 악수를 나누고 서로를 위로하면서 입영열차를 타기 위한 준비를 했다.

마중을 나온 부모님과 친지들도 많았다. 나는 사람들 틈바구니에서 그날 나오기로 했던 정란이의 모습을 찾아보았지만 눈에 띄지 않았다.

얼마 후 우리는 벌교역으로 가서 입영열차에 몸을 실었다. 열차가 떠나기 전 자리에 앉아 창밖을 보니 아버지 어머니의 모습이 보였다. 어머니의 두 눈에는 눈물이 보이셨지만 아버지는 애써 눈물을 참으시며 손을 흔드셨다. 그 모습에 가슴이 먹먹해지면서 나도 모르게 눈물이 뺨을 타고 흘렀다. 나는 눈물을 닦고 유리창을 열었다.

"아버지, 어머니, 건강하게 잘 다녀오겠습니다. 걱정하지 마세요. 항상 건강하시고 안녕히 계세요."

기적소리와 함께 열차가 서서히 출발했다. 기차가 출발하자 인솔하는 헌

병의 군기 잡기가 시작되었다.

"모두 유리창 커튼을 내린다. 실시!"

논산훈련소

어느덧 열차는 논산 연무역에 도착했다. 아직 해는 지지 않았고 하늘에 붉은색의 노을이 서서히 깔리고 있었다.

논산 수용연대에 들어섰을 때, 우리보다 먼저 들어온 장정들이 군복을 입고 돌아다니는 모습도 보였다. 논산훈련소에 정식 입소하기 전 수용연대에서 다시 한 번 신체검사를 받은 뒤 정식으로 군번이 주어진다.

"13261559"

이것이 군 생활 30개월 동안 함께한 나의 군번이다.

그날 저녁, 밥을 먹기 위해 식당에 들어섰는데 누군가 내 이름을 불렀다.

"어이, 양승철! 반갑다. 오늘 들어왔구나!"

화들짝 놀라서 주위를 둘러보니 가까이에서 낯익은 얼굴이 들어왔다. 식당에서 군대밥, 소위 짬밥을 나누어주던 사람이 고등학교 선배였던 것이다. 뜻밖의 장소에서 아는 얼굴을 보니까 어찌나 반가운지, 넙죽 인사를 했다.

"네, 선배님! 반갑습니다."

"그래. 이따 저녁에 취침 점호하고 나서 살짝 식당으로 와라."

그날 저녁에 군대 밥을 처음 먹었는데, 한 숟가락 떠넣는 순간 아침에 어머니께서 해주신 따뜻한 밥이 생각났다.

저녁을 먹은 뒤 각자 배정받은 내무반으로 가서 훈련복으로 갈아입었다. 입소할 때 입고 온 사복을 나누어 준 상자에 차곡차곡 넣어 잘 포장한 뒤 고향집으로 보낼 준비를 했다.

취침나팔 소리가 들리고 모두 자리에 누을 때, 나는 슬그머니 일어나 식당으로 갔다. 식당에는 선배님과 몇몇 병사들이 모여서 삼겹살을 굽고 있었다.

"어서 와라. 여기 앉아서 삼겹살에 소주 한잔해라."

선배님은 젓가락으로 내 앞으로 놓으면서 술잔에 술을 따랐다.

"자, 여기. 담배도 한 대 피워라. 많이 먹어. 오늘 짬밥 처음 먹어봤지? 아마 먹고 나서도 배고플 거다."

식당에 근무하는 고등학교 선배 덕분에, 그날 삼겹살에 소주 한잔했던 입영 첫날의 추억이 아련하게 떠오른다.

다음 날 아침, 어둠이 채 가시지 않은 새벽 6시에 "기상!" 하고 외치는 불침번의 소리에 잠에서 깨어났다.

아침 점호를 마치고 애국가를 불렀는데, 그날따라 '나라 사랑', '충성', '애국' 이라는 단어들이 새롭게 느껴졌다.

"일동 고향을 향해 묵념!"

명령에 따라 묵념을 하는 짧은 시간 동안 부모 형제가 떠올랐고, 가족들과의 지난날이 머리를 스치고 지나갔다. 떠나온 지 하루밖에 안 되었는데도 아주 오래된 기억처럼 가슴을 뭉클하게 만들었다.

다시 우리는 논산훈련소에 들어가 입소식을 한 다음, 군인이 되기 위한 1개월의 제식훈련과 각개전투 훈련을 받았다.

아침 6시에 기상하여 아침식사를 하고, 훈련장에 나가서 오전 교육을 받고, 점심식사 후 오후 훈련…… . 이런 날들이 똑같이 반복되었다. 처음 일주일은 힘들었지만 조금씩 그 생활에 적응하면서 점차 즐기게 되었다.

훈련이 고돼서 그런지, 배식 받은 밥을 싹싹 긁어먹고서도 뒤돌아서면 배가 고팠다. 밥을 먹고 나서 매점PX으로 달려가 또 빵을 사먹곤 했다. 각개전투, 피알아이PRI, 사격술 예비훈련, 제식훈련, 총검술 등 훈련을 받으면서 점차 대한민국의 군인이 되어갔다. 휴일에는 그래도 조금 편하게 쉴 수 있었다. 취미 활동도 하고 종교가 있는 동료들은 종교 활동도 할 수 있었다.

이렇게 1개월의 훈련소 생활이 끝나고 퇴소하던 날, 기분이 너무 좋아서 어깨가 들썩거렸다.

"높은 산 깊은 골 적막한 산하, 눈 내린 전선을 우리는 간다."

목이 터져라 군가를 부르면서 새 군복, 새 군화를 신고 수용연대로 들어갔다. 다시 각자의 근무 부대로 배출되기 위해서였다. 1개월 동안 정들었던 전우들과 그곳에서 뿔뿔이 흩어져야 했다.

내가 배치 받은 부대는 '육군 제7395부대'였다. 그 부대가 어디에 있는

지, 어떤 곳인지 궁금했지만 누구에게 물어봐야 할지 몰라서 잠자코 야간 열차에 몸을 실었다. 그렇게 밤새 열차를 타고 달려서 도착한 7395부대는 경기도 가평에 위치하고 있었다.

추적추적 비까지 내리는 가평역에 도착해 기다리고 있으니, 군 트럭 다섯 대가 우리를 데려가기 위해서 왔다.

후반기 군사교육생활(제30야전수송교육대)

트럭을 타고 부대 정문에 들어와서 보니 7359부대는 운전 교육을 하는 곳이었다. 1주일은 기초훈련, 2주차부터 노상교육 등 총 11주에 걸쳐 운전병 배출을 위한 단계적인 운전 교육을 실시했다.

군 입대 전 운전을 배우지 않아, 군대에 들어가서 처음으로 운전대를 잡고 운전을 했다. 신기하기도 하고 한편으로 운전을 배울 수 있어 좋았다. 청평 유원지, 현리 등이 우리 제3야전 수송교육대 차량운전 교육 코스다. 콘보이를 형성하여 차량 행렬이 도로 위를 달릴 때 기분이 상쾌했다.

세 명이 한 조가 되어 한 차에 탔다. 그중 한 명은 운전을 하고, 한 명은 뒤 적재함에 앉아 운전대기를 하고, 또 한 사람은 적재함에 서서 수기를 흔들며 방향을 지시했다.

이렇게 운전 교육을 마치고, 퇴소 일주일 전부터는 운전면허시험을 보기 위한 준비를 한다. 나는 단번에 운전면허 필기, 실기 시험에 통과해서 군 운전면허증을 받았다.

운전 교육 생활 중 정들었던 친구 백훈, 해선, 영길이 등……. 이 친구들 모두 가까운 보성 출신이어서 우리는 더 친하게 서로를 챙기며 군 생활을 했다.

'제11기 B반 66번'

처음 후반기 교육 입교하던 날 주어진 나의 번호다. 입교해 교육을 시작하던 날, 나는 교육생들의 대표로 선출되어 학생장 직책을 받았다. 교육생 대표로서 모든 것을 이끌어가는 책임이 주어진 것이다.

"제11기 B반 1조 인원 보고. 총 52명, 사고 2명, 사고 내용 보초 2명, 현재 50명 끝."

일조점호, 일석점호 등 인원 보고와 내무반 생활, 교육장에서 교육 준비 등을 할 때 항상 내가 먼저 체크하고 보고를 해야 했다. 많은 인원을 통솔해야 하는 어려움도 있었지만, 그래도 동기들이 잘 따라 주었기에 큰 어려움은 없었다.

11주 교육을 무사히 마치고 동기생들은 뿔뿔이 헤어졌다. 나는 전우들과 제1군단으로 명을 받고 벽제에 있는 제1군단 사령부로 이동해서 대기했다. 대기 기간 중 어느 날 사령부 기간병이 들어왔다.

"여기 대기병 중 상고 출신 있나?"

"네. 제가 벌교상고 출신입니다."

"그래? 군대 오기 전 무슨 일을 했나?"

"세무사 사무실에서 기업체 회계업무와 결산업무를 했습니다."

그 기간병은 내 군번을 적어가지고 갔다.

다음 날 나의 주특기가 운전병610에서 경리행정병930으로 바뀌었다. 군단장 명령으로 주특기 번호가 바뀌었다고 기간병이 알려주었다.

"이제 경리행정병 업무를 하게 될 것이다."

다음 날 제1공병단으로 배치 명령을 받고, 5명 정도 되는 동기들과 군 트럭을 타고 또다시 이동했다. 도착한 곳은 경기도 신도읍 삼송리에 위치한 제1공병여단 본부대였다.

▲제30야전수송교육대 운전 교육 부대 동기들과 함께, 세 번째 줄 왼쪽 학생장

자대배치(제1공병여단 경리행정병)

정문 위병소에 "군기확립" 이라고 쓰인 글씨가 인상적이었다. 그곳까지 같이 온 동기 5명은 서로 인사를 하고 각 대대로 또다시 뿔뿔이 헤어졌다. 제1공병여단 본부대에 남은 사람은 나 혼자뿐이었다.

최종 발령지는 제1공병여단 본부대 경리실로, 그곳에서 진짜 군 기간병으로 근무를 시작하게 된 것이다.

경리실은 생각보다 작고 단출했다. 내 위로 경리실장인 강신민 소령과 임효택 선임하사, 급여계 김완용 병장, 저축계 유기남 병장 그리고 김완용 병장 조수로서 전현선 상병이 있었다.

1개월 뒤 나는 유기남 병장 조수로서 저축계를 맡았고, 유 병장과 김 병장은 그로부터 1개월 뒤에 전역했다. 이제 막 군 생활을 시작하는 나로서는, 전역하는 김 병장과 유 병장이 정말 부러웠다.

처음 본부대 내무반에서 신고식을 할 때였다.

"야, 너 이름이 뭐야?"

"어디서 왔어?"

"주특기가 뭐냐?"

"여동생 있냐?"

내무반 고참들은 여러 가지를 질문을 했다.

"노래 할 줄 아나?"

"그래, 노래 한 곡 퍼봐라."

나는 고참들의 무서운 눈초리에 굴하지 않고 힘차게 노래를 불렀다. 그렇게 신고식을 마친 뒤 제2내무반에 관물을 정리했다. '하아, 이제 진짜 군 생활이 시작됐구나!' 하는 생각이 밀려왔다. 팔도 사나이들이 다 모인 낯선 지역에서 군 내무반 생활이 그렇게 시작되었다. 우리 내무반에서는 총 열여덟 명이 같이 생활을 했다. 본부 막사는 새로 지은 현대식 건물이라 깨끗했고 난방 보일러, 수세식 화장실 등 시설도 좋았다. 비록 총을 메고 최전방에서 전선을 지키는 군인은 아니었지만, 경리행정병으로서 주어진 임무에 성실하게 최선을 다해야 한다고 마음속 깊이 다짐했다.

◀예하부대 경리계원들과 연말정산 후 오른쪽 끝

첫 휴가

입대하고, 각종 힘든 훈련과 교육을 받는 동안 고향에 대한 그리움과 보고 싶은 사람들 얼굴이 떠올라 첫 휴가를 손꼽아 기다렸다. 그리고 첫 휴가가 점점 가까워지면서 마음이 들떴다.

"양 일병, 이제 며칠 남았는가?"

"예! 일주일 남았습니다!"

고참들이 자꾸 며칠 남았느냐고 물어보는 바람에 기분이 더 그랬다.

10월 24일, 드디어 첫 휴가를 받았다. 휴가증을 손아귀에 쥐었을 때의 마음은 군대에 가보지 않은 사람은 모를 것이다.

간단하게 본부대장님께 휴가 신고를 하고 사무실에서 실장님과 고참들에게 휴가 다녀오겠다는 인사를 한 뒤 부대 정문을 나왔다. 그리고 같이 휴가를 나온 동료들끼리 술을 한 잔씩 먹었다. 술을 좋아하지 않고 술맛도 잘 모르는 나였지만, 그때 그 술맛은 최고였다.

그 길로 서울역에 가서 야간열차에 몸을 실었다. 창밖으로 보이는 어둠과 어른어른한 불빛이 신비로울 만큼 새롭게 느껴졌다. 길지 않은 시간이었지만 많은 생각이 머릿속을 스쳤다.

입대영장을 받고 광주에서 마지막으로 정란이를 만나 함께 시간을 보냈다. 순천까지 돌아오는 버스 안에서 나는 정란이 손목을 잡으며, '건강하게 잘 있어. 군 제대하면 우리 결혼하자'고 했던 말이 절절하게 가슴에 메아리쳤다.

훈련소 생활과 제3야전교육대 후반기 교육 등으로 정신없이 군 생활을 하다 보니 소식조차 전하지 못했던 것이 미안했다.

이른 아침 벌교역에 도착했다. 정란에게 먼저 전화를 할까 하다가 너무 이른 시간이라 그냥 택시를 타고 집으로 향했다. 집에 들어서자마자 할머니, 아버지, 어머니, 동생들이 반색을 하면서 반겨주었다. 가족에게 둘러싸여 가슴 뭉클한 가족애를 느꼈다.

"아이고, 내 새끼! 잘 왔다. 건강하게 잘하고 왔다."

눈물까지 흘리며 반겨주시던 할머니의 모습이 지금도 눈에 선하다. 비록 지금은 이 세상에 안 계시지만, 할머니는 유난히 손주 사랑이 크신 분이었다. 그런 큰 사랑을 받았기에 나도 할머니를 잊지 않고 마음속에 깊이 새기며 살아가고 있다.

다음 날 정란이를 만나기 위해 해남행 버스에 몸을 실었다. 정란이는 당시 해남터미널 직원으로 근무하고 있었다. 해남에서 정란이를 만나 차를 마시면서 그간 밀렸던 이야기를 나누었다. 아쉽게 이별을 하고 돌아올 때, 며칠 뒤 광주에서 다시 만나자고 약속을 했다.

다시 벌교로 돌아와 친구들과 만나서 시간을 보냈다. 며칠 뒤 광주에서 정란이와 다시 만나 꿈같은 데이트를 했다. 함께 시간을 보낼 수 있다는 것만으로도 행복했다.

귀대하던 날 순천에서 정란이를 다시 만나 인사를 한 뒤 귀대 길에 올랐다. 서울역에 도착해서 부대까지 가는 버스를 기다리고 있는데 비가 쏟아지기 시작했다. 귀대하는 길에 비까지 내리니 마음이 착잡했다.

그렇게 보름간의 첫 휴가가 끝났다. 자유롭게 돌아다니고, 보고 싶은 사람을 만날 수 있다는 것이 얼마나 소중하고 감사한 일인지 새삼 깨달았다. 부대까지 오는 버스 안에서 휴가 동안의 추억을 하나하나 반추했다.

군에서 맞이한 성탄절

'성탄절' 하면 하얀 눈이 내리고, 교회에서 종소리가 은은하게 들려오고, 캐럴이 울려 퍼지는 분위기를 연상하게 마련이다.

군에서 처음 맞이하는 성탄절. 며칠 전부터 내부반에 크리스마스트리를 세우고 성탄절 분위기를 냈다. 고향에 두고 온 친구, 애인, 형제들이 보내 온 성탄절 카드가 배달되면서 그 카드를 읽는 즐거움이 컸다. 나에게도 사랑하는 정란에게서 크리스마스카드와 편지가 우편으로 왔다.

"그동안 몸 건강하게 군 생활 잘하고 있는지 궁금하구나. 오늘따라 갑자기 보고 싶다. 네가 건강하게 하루빨리 군 생활을 마치고 돌아와 주길 기도한단다."

편지를 받고 더욱더 그녀가 보고 싶어졌다.

1982년 12월 25일 크리스마스. 이날 부대에는 문선대의 밴드의 연주가 울려퍼졌고, 술과 맛있는 음식이 한상 차려졌다. 전우들은 군인으로서의 임무를 잠시 접어두고, 먹고 마시면서 성탄절 기분을 만끽했다.

나는 초소 교대근무를 서야 하기 때문에 술은 먹지 않고 있다가, 중간에 나와 군장을 하고 초소로 향했다. 식당에서 나는 문선대 밴드 소리와 전우들의 즐거운 노래 소리가 초소까지 들렸다. 보초를 서면서, 군 입대 전 친구들과 성탄절을 함께 보냈던 추억 속에 잠겼다.

크리스마스이브 밤, 명동에 있는 남호호텔 나이트에서 친구들과 즐겁게 놀기도 하고, 이브 밤 분위기를 즐기기 위해 여기저기 음악다방을 돌아다니면서 음악을 듣고, 젊은이들 무리에 휩싸여 같이 웃고 떠들면서 서울 거리 곳곳을 밤새 돌아다니고……. 그때 레코드가게에서는 캐럴이 울려 퍼지고…….

'하지만 지금은 이렇게 성탄절 밤에도 보초 근무를 서고 있구나!' 이런 생각이 들자 갑자기 외로워졌다.

남자들만의 세계

처음 영장을 받으면 누구나 불안하고 초조해진다. 마치 소가 코뚜레를 잡혀 끌려가는 것처럼, 억지로 끌려가는 기분으로 군대에 가는 경우가 많다. 군대는 남자들끼리만 생활하는 특수한 사회, 소위 '남자들만의 세계' 다.

대한민국의 아들이라면 당연히 가야 하는 곳이 군대다. 이름도, 얼굴도 몰랐던 팔도사나이들이 군인으로서 의무를 다하기 위해 한데 모여 생활하지만 불편함은 조금도 없다.

사회에서 젊음의 꿈과 낭만을 즐기면서 살아야 할 시기에, 모든 것을 접어두고 조국의 부름을 받아야 하니 아쉬움도 있다. 긴 머리를 짧게 깎고, 푸른 제복을 입고, 총을 멘 채 낯선 환경에 적응한다는 것은 결코 쉬운 일이 아니다.

나도 마찬가지였다. 사회에서 누리던 젊은이의 즐거움을 추억으로만 달래야 하는 것이 안타깝고 불안했다.

'지금 이 시간, 정란이는 무엇을 하고 있을까? 함께 있다면 즐거운 시간을 보내고 있을 텐데…….'

그러나 달리 방법이 없으니, 상황에 적응하기 위해 스스로를 설득해야 했다.

사실 군대에 가기 전에는 군대란 곳이 딱딱하고 삭막할 것이라는 생각을 했다. 명령 하나에, 죽으라고 하면 죽는 시늉까지 하는 그런 조직으로 알고 있었다. 그런데 막상 군대생활을 해보니 그곳에도 낭만이 있고 정서가 있었다.

이등병 때는 엄격한 군기 때문에 고참들이 시키는 것만 하기에도 정신이 없다. 한 가지 일을 시키면 다른 일은 생각지도 못한 채 그 일에만 열중하다가 "야, 임마! 그 일만 하면 어떡해" 하는 야단을 맞을 때가 많다. 조금 부족한 사람, 이등병 때는 소위 '또라이'가 되어 버린다.

고참들이 집합하라고 전달할 때가 이등병에게는 가장 불안하다. 집합하면 군기 빠졌다고 얼차려를 받아야 했고, 한 대씩 날리는 주먹을 고스란히 맞아야 했기 때문이다. 얼차려를 받고 주먹으로 맞아도 그 시간이 지나면 금방 서로 웃는 얼굴로 대하는 남자들만의 세계. 여기에서도 분명 배울 것이 있다고 나는 생각한다.

일병이 되면 조금 달라진다. 고참의 성향을 어느 정도 파악하고 있기 때문에 눈치 빠르게 행동하기 위해 늘 긴장감을 갖고 생활한다. 언제 고참들이 집합을 시킬까, 갑작스럽게 군기를 잡을까, 그런 불안감과 초조함을 갖고 '신발에서 고무 타는 냄새가 나도록' 뛰어다닌다.

"각 내무반에 사역병 1명씩 집합!"

이런 명령이 떨어지면, 일병은 휴일에도 마음껏 쉬지 못하고 나가야 한다. 이렇게 생활하다 상병이 되면 소위 '어영부영'을 배우게 된다. '적당히 일하고 적당히 개긴다'는 말처럼 군대 생활을 하는 것이다. 이때는 '어떻게 하면 개길 수 있을까?' 하는 눈치를 보게 된다.

물론 이등병과 일등병의 리더 역할을 해야 한다. 군대에서 '말년'이라고 하는 병장이 되면, 이때는 '적당히 때운다'는 생각 속에서 시간을 보낸다. 슬슬 군 생활이 지겨워지고, 일상에 큰 관심이 없어진다. 제대 날짜를 세면서 하루하루를 지워나가는 것이 유일한 즐거움이다.

나는 불침번

땅 위에 낙엽이 뒹굴고 나무들이 앙상하게 서 있는 겨울밤이 되면 왠지 외로움이 커졌다. 불침번을 서기 위해 머리에 철모를 눌러 쓰고, 어깨에 총을 메고, 허리에는 탄띠를 찬 다음 내무반을 나섰다. 전우들의 숨소리에서 하루의 피로가 느껴졌다.

집에서라면 한참 자고 있을 시간인 새벽, 어둠이 채 가시지 않은 시간에 기상나팔 소리가 울렸다. 그러면 누구든 예외 없이 일어나서 하루 일과를 시작해야 했다. 나는 낮 동안 각 처부 참모부에서 행정병으로 근무를 하느라 바쁘게 보내지만, 일과가 끝나 내무반에 모이면 전우들과 장난도 치고 속내를 얘기하기도 하면서 즐거운 시간을 보냈다. 그러다가 밤이 깊어지고 취침나팔 소리가 들리면 밤의 적막 속에 누워 잠을 청했다.

불침번을 마치면 다음 전우를 깨워 인수인계를 했다. 그러나 깊은 잠에 빠져 있는 전우를 깨울 때면 늘 미안함이 앞섰다.

"보초 교대 시간이다. 일어나라."

이 말에 벌떡 일어나 주섬주섬 옷을 챙겨입고 나서는 전우들의 모습에서 나도 모르는 전우애를 느꼈다.

'모두 잠자는 이 평온한 시간에, 우리는 지금 누구를 위해서 보초를 서야 하는가! 이 모든 것은 평화스러운 대한민국과 고향에 계시는 부모 형제 그리고 사랑하는 사람들을 지키기 위한 것이다.'

이런 생각을 하면서 무거운 책임감을 느끼곤 했다.

1내무반, 2내무반, 3내무, 4내무반, 5내무반을 차례로 돌아보면 잠을 자는 전우들의 모습이 제각각이다. 모포를 뒤집어쓰고 자는 전우, 옆 전우를 꼭 껴안고 자는 전우, 모포를 발로 차버리고 자는 전우…….

전우야, 전우야, 사랑하는 전우야.

얼굴은 다르지만 마음은 하나.

전우야, 전우야, 피로 맺은 전우야.

그 누가 우리를 여기에 불렀나.

그것은 조국, 그것은 겨레.

그것은 우리의 조국, 우리의 겨레.

그것은 우리의 젊음, 젊음이어라.

갑자기 「사랑하는 전우야」의 군가가 떠올랐다. 우리는 고향도 얼굴도 다르지만, 분명 마음은 하나다. 영광스러운 대한민국에 군인이다.

하나, 나의 길은 충성에 있다. 조국에 몸과 마음을 바친다.

하나, 나의 길은 승리에 있다. 불굴의 투지와 전기를 닦는다.

하나, 나의 길은 통일에 있다. 기필코 공산 적을 처부순다.

하나, 나의 길은 군율에 있다. 엄숙히 예절과 책임을 다한다.

하나, 나의 길은 단결에 있다. 지휘관을 핵심으로 생사를 같이한다.

두 번째 휴가

군 생활이 익숙해질 무렵, 1983년 8월 10일 두 번째 휴가를 받았다. 부대에서 출발해 서울 형님댁에 가서 하루를 보내고, 그 다음 날 열차로 고향 벌교에 갔다. 오랜만에 가는 고향이었지만 첫 휴가 때보다는 마음의 여유가 있었다.

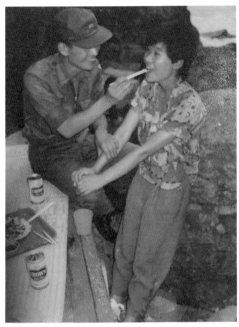
▲휴가 중 아내와 여수에서 한때

고향에 도착해서 그 이튿날 정란이를 만났다. 내가 사랑하고 그동안 제일먼저 보고 싶은 사람이었다. 너무 오랜만에 만나니 하고 싶었던 이야기마저 생각나지 않았다. 아니, 하고 싶은 이야기가 너무 많아서 어떤 말부터 해야 할지 몰랐다.

"정란아, 그동안 많이 보고 싶었다."

"나도 네가 얼마나 보고 싶었는지 몰라."

"진짜?"

"그럼, 진짜지."

수줍게 고백하는 정란이의 모습이 얼마나 사랑스러운지 꼭 껴안아주었다. 우리는 떨어져 있는 동안 하고 싶었던 이야기를 나누느라 시간 가는 줄 몰랐다. 이번 휴가 때는 정란이 부모님을 만나 우리의 사랑을 이야기하고, 제대 후 결혼하겠다는 뜻을 전할 생각이었다.

그러나 그날 마침 정란이 부모님께서 여행을 떠나시고 계시지 않아, 두 분이 돌아오실 때를 기다려야만 했다.

"승철아, 우리 부모님께 이야기할 수 있겠어?"

"그럼, 이번에 꼭 이야기하려고 왔는데."

정란이 부모님이 돌아오시기를 기다리는 동안 어쩌나 초조하고 긴장되던지……. 시간이 조금씩 흐르면서 점점 주눅이 들고 이야기할 자신이 없어졌다. 그러나 이번이 기회라는 생각에 용기를 냈다.

지금껏 양가 부모님들께서는 우리의 교제를 알고 계셨지만 어리다는 생각에 결혼 이야기는 꺼내지 못하고 있었다. 그러나 이제 자기의 일은 스스로 처리할 수 있는 나이가 되었다는 생각에 결혼을 말씀드려야겠다고 결심한 것이었다.

저녁 9시가 넘어서야 정란이 부모님께서 돌아오셨다. 아파트 벨소리에 나도 모르게 몸과 마음이 긴장감으로 얼어붙었다. 아버지 어머니가 들어오시자 넙죽 인사부터 드리고 차분하게 이야기를 시작했다. 너무 떨려서 하고 싶은 이야기를 다하지 못했지만, 우리의 마음과 의사를 말했다.

장인 어르신의 일문일답이 계속되었고, 나는 군 입대하던 날보다도 더 많이 긴장한 채 초조한 마음으로 결과를 기다렸다. 다행히 부모님께서 허락을 해주셨다.

"그래, 건강하게 군대생활 잘하고, 제대해서 직장 잡고, 그런 다음 둘이 결혼해도 좋다. 그리고 휴가 동안 같이 놀다 와라."

두 분의 허락을 받은 다음 날, 정란이와 함께 우리 집으로 왔다. 우리 부모님께 정란이를 정식으로 소개한 뒤 둘이서 함께 여행을 시작했다.

여수 오동도에 갔다가, 광주에서 최병혁 친구, 김영자 친구를 만나 즐거운 한때를 보내고, 다음 날 여주에 살고 계시는 누나 집을 방문했다. 이 두 번째 휴가는 우리에게 지워지지 않는 소중한 추억이 되었다. 사랑하는 연인으로서 인정받으며 함께 여행한 첫 번째였기 때문이다. 그리고 8월 17일은 우리 둘만의 소중한 추억이 영원히 기억되는 하루로 남았다.

행복에 푹 빠져서 그런지 15일이란 휴가가 후딱 지나갔다. 귀대하던 날, 사랑하는 사람과 또다시 헤어져 있어야 한다고 생각하니 아쉽고 아쉬웠다. 그러나 앞으로 우리가 영원히 함께하려면 그때의 헤어짐을 감내해야 했다.

'그래. 서운하고 그리워도 참아야 한다. 군대생활 성실하게 마치고 사회에 나와, 내가 가장 사랑하는 정란이와 오래도록 행복하게 생활하면 된다. 그날을 위해 지금은 참아야 한다.'

마음속 각오를 다지면서 정란이에게 말했다.

"자, 우리의 미래를 멋지게 시작하려면 지금 주어진 일에 충실해야 해. 앞만 보고 무조건 열심히 살자."

떨어지지 않은 발길과 아쉬운 마음을 달래면서 서울행 버스에 몸을 실었다. 마지막 세 번째 정기휴가에서도 좋은 추억을 만들면서 즐거운 시간을 보냈다. 그리고 마침내 30개월의 군 생활을 건강하게 마치고 예비역 병장으로 제대했다.

▲전역신고 후 여단장님과 함께 여단장 뒤편 좌측

5부

나의
어린시절

01
개구쟁이
초등학생

동네 아이들이 다 친구요 선후배였다

낙성초등학교에 입학을 했는데, 이때는 학생 수가 많아서 한 학년이 8학급까지 있었고, 교실 수가 부족해 오전반, 오후반으로 나누어 등교를 해야 했다. 학교까지는 걸어서 30분 정도 거리였다. 등하굣길에 동네 친구들과 그 길을 함께 걸으며 장난도 치고 수다도 떨었다.

이때 학교 식당에서 옥수수빵을 직접 쪄서 초등학생들에게 간식으로 나누어주곤 했다. 당시 시골에서는 주로 고구마와 감자를 간식으로 먹었으니 옥수수빵은 가히 파격적인 간식이었다.

고향에 감나무가 많아서, 가을이면 주로 단감을 간식으로 먹었다. 겨울이면 방 안에 뒤주를 만들어 고구마를 보관했고, 가끔 아궁이에 고구마를 구워먹거나 가마솥에 쪄서 한 끼를 대신할 때도 있었다.

특히 동지 때 먹던 동지 팥죽이 기억에 남는다. 팥죽을 좋아해서, 동지가 아니더라도 팥죽을 종종 쑤어먹곤 했다. 죽을 쑤어 시원한 장독대 위에 올려두면 팥죽이 떡처럼 살짝 굳으면서 고소하고 단맛이 올라왔다. 겨울밤 야식으로 이보다 더 좋은 게 없을 듯하다.

낙성초등학교 친구들 중 김성찬, 김수석, 남기남, 서정복, 박갑일, 양동하, 심창남, 박종갑, 한희석, 김배금, 채승연, 이남기, 이용성, 양효술, 박종갑2, 김순곤, 마홍동, 김인석, 김종국, 김정호, 이건희, 김선윤 친구들의 이름이 생각난다.

마을 앞에 부용초등학교가 새로 개교를 했다. 낙성초등학교의 학생이 워낙 많다 보니 새로 지은 학교로 일부 학생들을 전학시켰다. 나도 3학년을 마치고서 부용초등학교로 전학을 했다. 그곳은 고읍마을, 전동마을 이렇게 두 마을 학생들이 다녔다.

그 무렵 민속촌이 있는 낙안 쪽 제석산 아래에도 홍교초등학교가 새로 생겼다. 부용초등학교는 신생학교다 보니 학생 수가 많지 않고 규모도 적었다. 우리 4학년은 1반과 2반으로 한 학년이 구성되었다. 이때는 한 집에서 평균 대여섯 명의 자식을 낳아 키웠다. 그러다 보니 한동네의 애들이 대부분 친구요 선후배였다.

이용옥, 임운기, 백광현, 임양호, 채중기, 박성운, 김현수, 김용휘, 윤무열, 박삼례, 조명엽, 박정애, 선희연, 오영미, 김성자, 정용순, 한선희 등이 벌교초등학교에서 부용초등학교로 함께 전학 온 친구들이었다.

이 무렵 우리나라에서는 새마을운동이 한창이었다. 그래서 초등학생들도 일요일이면 모두 동네 어귀에 모여 빗자루를 들고 마을 청소를 했다. 아름다운 마을을 만들기 위해 코스모스 등 꽃나무를 동네 앞길에 심기도 했다. 이 무렵에는 학교에서 간식으로 옥수수빵이 아니라 보리빵과 우유를 나누어주었던 것으로 기억한다.

지금 부용초등학교 여자 친구들을 만나면 이구동성으로, "승철아! 너는 초등학교 때 장난꾸러기 개구쟁이였다"고 말한다.

"맞다, 승철이 너가 여자애들 고무줄 다 자르고, 머리핀 다 가져가고 그랬다."

그래도 다행인 것은, 나이를 먹어서 그런지 기억에 크게 남아 있지는 않은 듯 보였다. 아마도 좋아하는 친구들에게 유독 장난을 많이 걸었던 기억이 있다.

초등시절, 어스름한 초저녁에 복숭아 농장에 몰래 들어가서 서리를 한 추억, 동네 뒤에 있는 밭에서 참외, 오이, 단감 서리를 했던 추억 속에 늘 친구들이 있었다. 그때는 서리를 하는 것조차 즐거운 놀이였다.

산수 나누기 소수점이 이해되지 않았다

초등학교 4학년 담임선생님께서 우리와 같은 마을에서 하숙을 하고 계셨다. 그때는 4학년 산수 시간에 처음 나누기를 배웠는데, 수업 시간에 설명하는 선생님의 말씀이 도무지 이해되지 않았다. 그날 저녁, 어머니에게 달걀을 조금 삶아달라고 해서 그것을 들고 선생님 하숙집을 찾아갔다.

"선생님, 오늘 수업시간에 나누기를 배웠는데, 소수점이 이해되지 않아서 설명을 다시 듣고 싶어서 왔습니다."

선생님은 공부하겠다고 제 발로 찾아온 학생이 기특하셨는지 반갑게 맞아 주셨다. 그날 하숙집 마루에 있는 밥상을 책상 삼아 선생님께 개인교습을 받았다. 다시 한 번 들으니 소수점이 제대로 이해되었다.

그날 이후 선생님은 나에게 똘망똘망하다는 칭찬을 하시며 각별한 관심을 가져주셨다. 소소한 잔심부름도 나에게 시키고, 일주일 동안 반장, 주반장도 시키셨다.

내가 초등학교에 들어가기 전, 우리 동네에는 전기가 들어오지 않아 집집마다 등잔불을 켜고 살았다. 이후 전기가 들어왔을 때 어찌나 밝고 신기하던지 밤에도 낮처럼 친구들과 동네를 뛰어다녔다.

그리고 시골 마을이라 TV도 없고 라디오만 있었다. 1973년 초등학교 6학년 때였다. 라디오 드라마를 듣기 위해 형제들과 라디오 앞에 옹기종기 모여서 귀를 기울였다. 당시 문화방송 라디오에서 오후 시간 때 가장 인기 있던 『태권 동자 마루치 아라치』를 들으며 상상력을 키웠고, 마루치 아라치가 악당인 파란해골 13호와 싸워 이길 때는 정의감에 불타 흥분했던 기억이 난다.

친구들과 밖에서 놀다가도 라디오 드라마 방송 시간이 되면 라디오 앞으로 모여들었다.

"달려라 마루치, 날아라 아라치

마루치 아라치, 마루치 아라치, 야~

태권 동자 마루치 정의의 주먹에

파란 해골 13호 납작코가 되었네."

시작을 알리는 주제곡을 따라 부르고, 마루치 아라치를 응원하면서 우리는 모두가 태권 동자가 되었다.

우리 마을에서 TV를 제일 먼저 들여놓은 집은 바로 옆집에 사는 최형모 후배네였다. 동네에 한 대밖에 없는 흑백 TV를 구경하면서 친구들과 흥분했던 기억이 있다. 동네 친구, 선후배들은 TV를 보기 위해 너나할 것 없이 최형모 후배의 집으로 모였다. 1975년 배우 라시찬이 주인공인 6·25 전쟁 드라마 『전우』, 한여름에도 등골이 서늘해지는 『전설의 고향』을 보면서 TV 속에 빠져들었다.

이후 우리 집에도 TV가 생겼다. 부산에서 직장생활을 하시던 누나가 TV를 사서 집으로 보냈던 것이다. 덕분에 집에 편히 앉아 내가 보고 싶은 프로그램을 마음껏 볼 수 있었다. 그 시절 내가 가장 좋아했던 방송은 『가요 톱10』이었다.

02

역사 깊은
벌교중학교

까까머리 중학 시절

당시 벌교 지역에는 벌교중학교와 삼광중학교, 사립학교
한 곳이 있어서 추첨을 통해 학교가 배정되었는데, 그중 나는 벌교중학교로
가게 되었다. 제일중학교도 있었지만 그곳은 3년 공부를 마치고서 중졸 검
정고시를 봐야 학력을 인정받을 수 있는 그런 학교였다.

학생들은 삼광중학교보다는 역사가 깊은 벌교중학교를 선호했다. 그때
삼광중학교에 배정받은 친구들 중 가기 싫다면서 운 아이도 있을 정도였
다. 벌교중학교에서 새로 만난 친구로는 문승일, 이성로, 신홍우, 김옹중,
나관섭, 김종호, 김종호2, 임성호, 홍상곤, 강차경, 최진영, 송재우, 김수철,
조영현, 김인식, 김인식2, 김용훈, 이명호, 양동하, 김영철, 양철수, 서대일,
서기수 등이 있다.

특히 기억에 남는 멋쟁이 친구 나관섭은 그 시절 가장 인기 있던 영화배

우 이소룡을 무척 좋아했다. 그래서 쉬는 시간이면 교단에 올라가 이소룡 주연의 영화 『당산대형』, 『정무문』, 『맹룡과강』, 『용쟁호투』 등에 나오는 이소룡의 목소리와 무술을 흉내 내서 많은 웃음을 주었다.

홍상곤, 강차경, 김석중 친구는 내 부모님이 돌아가셔서 상을 치를 때 상가에서 함께 밤샘을 해주고 장지까지 함께 해준 고마운 친구들이다. 그때 강차경 친구는 보성녹차를 한 차 싣고 와서 문상객들에게 대접하라고 건네주기도 했다. 정말 의리 있고 좋은 친구들로 기억 속에 남아 있다.

집에서 벌교중학교까지는 약 3~4킬로미터 정도 되었다. 가깝지 않은 거리였지만, 그때는 자전거를 가진 친구들이 많지 않아서 대부분 걸어다녔다. 체력이 한창 좋을 때라 하루에 3~4킬로미터 정도 걷는 것은 일도 아니었다.

나는 주로 같은 마을에 사는 류재일 선배 그리고 친구 박갑규, 류홍열, 류재헌, 류금선과 같이 등하교를 했다. 같은 마을에 사는 친구 류상래, 류재남, 박도수는 삼광중학교에 다녔고 류재홍, 류송열, 류유열은 제일중학교를 다녔던 것으로 기억하고 있다.

▲벌교 홍교 보물 제304호

마을 저수지에 빠진 후배를 살렸다

　마을 저수지는 우리가 즐겨 노는 놀이터 중 한 곳이다. 무더운 여름날에는 친구, 선후배들과 수영을 하면서 무더위를 식혔고, 가끔은 형, 동생들과 붕어 낚시를 즐기기도 했다.

　나는 어릴 때부터 물놀이를 하면서 자연스럽게 수영을 배웠다. 저수지를 가로질러 왕복할 수 있을 정도의 체력이 되었고 평형, 자유형, 배영, 잠영 등 종류를 가리지 않고 잘했다. 수영을 잘 못 하는 아이들은 비료 포대에 바람을 넣어 그것을 튜브 삼아 물놀이를 하거나 고무 다라를 배처럼 타고 놀았다.

　중학교 1학년 즈음이었던 것 같다. 어느 날 저수지에서 대나무로 만든 낚싯대로 붕어 낚시를 하고 있을 때였다. 다른 한쪽에서는 동네 후배들이 수영을 하고 있었는데, 갑자기 나를 부르는 소리가 들렸다. 우리 아랫집에 사는 후배 최길수의 동생 최득수였다.

　"승철이 형, 빨리요. 형 좀 구해주세요!"

　나는 본능적으로 아이들이 모여 있는 곳으로 달렸다. 달리면서 상황을 보니 바람을 넣은 비료 포대를 타고 수영을 하던 최길수가 비료 포대에서 바람이 빠지는 바람에 물에 빠져 허우적거리고 있었다.

　내가 달려가는 동안 길수는 이미 물을 많이 먹은 상태인 것 같았다. 바로 뛰어들어 사람을 잡으면 구하려는 사람까지 위험하다는 말을 들어서, 나는 길수의 뒤쪽으로 수영을 해서 다가가 있는 힘을 다해 밖으로 밀고 나왔다.

간신히 둘 다 빠져나온 다음, 길수를 둑에 눕히고 배를 눌러 먹었던 물을 토하게 했다. 그리고 길수 동생인 득수에게 인공호흡법을 간단히 설명한 뒤 인공호흡을 하게 했다. 잠시 후 물을 토해낸 후배는 정신을 차렸다. 그렇게 정신을 차린 후배를 집으로 보내고, 나는 다시 낚시하던 곳으로 돌아와 낚시를 계속하다가 집으로 돌아갔다.

집에서 저녁을 먹으려던 즈음에 길수 어머니께서 간식거리를 가지고 우리 집으로 찾아오셨다. 형제에게서 낮에 있었던 얘기를 들으신 듯했다.

"승철아, 우리 아들 구해줘서 고맙다. 네가 아니었으면 큰일 날 뻔했어. 고맙다."

몇 번이고 고맙다고 하시며 내 손을 꼭 잡으셨다.

03

전국에서 유명한
벌교상고

경쟁률이 높은 벌교상업고등학교에 입학

중학교를 졸업한 뒤 실업계인 벌교상업고등학교에 입학했다. 그 시대에는 상업고등학교와 공업고등학교가 대세였다. 산업화 초기다 보니 상고, 공고 출신들의 취업률이 좋았기 때문이다. 그래서 나뿐만 아니라 동창생 중 상당수가 상고와 공고로 진학했다.

나는 집을 떠나 타 지역에서 학교를 다니고 싶지 않았다. 그리고 당시만 해도 벌교상고가 전국적으로 유명했다. 주산부 선배들이 '전국 상고 주산대회'에서 해마다 1등을 차지하면서 벌교상업고등학교의 이름을 알리고 있었던 것이다. 또 당시 상고졸업 후 가장 인기 있던 직장인 은행에 우리 학교를 졸업한 선배들의 취업률이 높아서 다들 부러워했다.

벌교상고에 들어가려면 입학시험을 치러야 했는데, 내가 지원할 때는 경쟁률이 1.5대 1 정도였다. 세 명 중 한 명이 떨어지는 것이라, 입학시험에

▲부산 용두산공원에서

서 떨어진 학생들도 꽤 되었다.

고등학교 시절 가장 기억에 남는 것은 교련 시간이었다. 교련복을 입고 목총을 가지고서 기초 군사 훈련을 받았다. 학교 소풍을 갈 때도 전 학년이 남학생은 교련복을, 여학생은 간호사와 비슷한 옷을 입었다.

고등학교 입학해서 새로 만난 친구들은 신정식, 김용훈, 송경화, 이승학, 김남태, 김오남, 김태균, 조충현, 박형래, 오기준, 강진수, 이성표, 최병철, 제영복, 강성현, 장두표, 김형곤 등이다.

특히 이승학 친구와 고등학교 2학년 겨울방학 때 처음으로 부산 여행을 했다. 부산에 살고 있는 나의 누나에게 연락을 한 뒤 승학이와 벌교역에서 만나 부산행 열차를 탔다.

부산 해운대 앞바다와 용두산 공원을 돌아보고 누나가 사준 맛있는 회도 먹었다. 바로 눈앞에 시원한 바다가 펼쳐져 있고, 부둣가에는 갈매기들이 날아다니고, 바람조차 비릿하고 짠내가 났다. 부산은 항구도시 그대로 멋있었다.

상업계 고등학교에서는 주산과 부기 과목을 가장 중요하게 취급했다. 고등학교 졸업 후 직장에 취업하는 것이 목적이었기 때문에, 다른 사람보다

▲고등학교 가을 소풍

빨리 좋은 곳에 취업하려면 주산 1급과 부기 2급 자격증을 기본으로 취득해야 했다. 그래서 바로 고등학교 입학과 동시에 벌교 읍내에 있는 주산·부기학원에 수강 등록을 했다.

사회 실습생

실업계 학교에서는 보통 3학년 2학기가 되면 현장 실습으로 직장 취업이 허용되었다. 나는 3학년 2학기 때 시울 퇴계로에 있는 세무사 사무실에 현장 실습생으로 입사를 했다. 고등학교를 졸업하고 군 입대 전까지 그곳에서 일하면서, 기업체 세무기장대리와 결산 등의 실무를 익혔다.

이때 같은 세무사 사무실에서 사무장으로 일하던 사람이 고등학교 1년 선배인 신정호 선배였다. 그곳에 근무할 수 있었던 것도 선배 덕분이었다.

내가 서울에 올라와 마포구 아현동에서 형님과 같이 자취방을 쓰고 있을 때, 신정호 선배도 우리와 같이 살면서 동고동락했다. 그러다가 형님이 입대 영장을 받고 군에 입대했고, 나는 친구 김태균과 군 입대 전까지 같이 자취생활을 했다.

태균이와는 고등학교 시절에 가깝게 지냈는데, 졸업 후 보지 못하다가 서울에서 다시 만났다. 안부를 물어보니 우유, 요구르트 도매상을 하는 친척집에서 소매유통을 도와주고 있다고 했다. 내 생각에 태균이 친구가 그 일을 하는 것보다는 세무사 사무실에서 일하는 것이 좋을 것 같았다. 그래서 태균이 친구를 세무사 사무실로 데려와서 사무장인 신정호 선배에게 소개했다. 내 얘기를 들은 선배는 태균이 친구도 세무사 사무실에서 근무할 수 있도록 해주었다.

내가 군에 입대하기 전까지 태균이와 내 자취집에서 같이 살았다. 같이 숙식하고 사무실로 출근했다가 같이 퇴근하고……. 그러면서 태균이 친구와 이런저런 추억을 많이 쌓았다. 내가 군에 입대한 이후에도 김태균 친구는 계속 세무사 사무실에서 직장생활을 이어갔다. 그리고 지금은 세무사 사무실 사무장으로 일하고 있다.

내가 군 입대 전까지 서울생활을 하면서 함께 어울렸던 친구들은 김용훈, 김태균, 신정식, 김재구, 김상국, 박희도 친구 등이었고, 중학교 친구 중에는 송재우, 송하호 그리고 윤혜숙 등이 있었다. 송재우와 윤혜숙은 친구에서 연인으로 발전했으며 이후 부부가 되었다.

이 무렵 우리나라는 정치적으로 대격동을 겪고 있었다. 김재규 안기부장의 총격으로 박정희 대통령이 서거하면서 유신정권이 무너졌다. 이때 전두환과 하나회 군인들이 군사 쿠데타로 정권을 잡으려 하자 전국의

대학생들이 일어나 "군부타도", "전두환은 물러가라"를 외치며 연일 데모를 했다.

어느 날은 서울역 광장과 남대문 일대에서 대규모 학생 시위가 있어서 모든 차량이 운행을 멈췄다. 그 바람에 사무실이 있는 퇴계로5가에서 아현동 집까지 걸어온 적도 있다.

특히나 전두환 정권이 김대중 전 대통령을 구속하고 탄압하자, 광주에서는 김대중 석방을 요구하며 수많은 광주 학생과 시민들이 대규모 평화시위를 했다. 이때 광주에 데모 진압을 위한 공수부대 군인들이 파견되었다. 군인들은 학생과 시민들에게 무차별 총격을 가해 끔찍한 학살을 벌였다. 이것이 광주 5·18민주화운동이다.

그때 광주에 살고 있던 친구들이 중 일부가 행방불명되었다는 소식도 있었으나, 다행히 그 친구들 모두 무사히 살아 있었다. 최규하 임시대통령이 물러나고 전두환 군부정권이 시작되는 시기였다.

군부정권이 들어서고 얼마 뒤 군 입대 영장을 받았다. 나는 벌교역에서 입영열차를 타고 논산훈련소로 갔다. 그때는 출산율이 높아 함께 입대하는 또래들이 많다 보니 각 지역에서 출발하는 입영열차가 있었다.

나는 시험 기간에만 공부를 했다

고교시절 김용훈, 신정식 그리고 김태균과 같이 공부하고 격려하면서 그

림자처럼 어울렸다. 방학 때도 이 친구들과 만나 방학숙제를 함께 하면서 가장 가깝게 지냈다. 용훈이 친구의 추천으로 『수학정석』을 사서 함께 수학공부를 했던 기억도 있다.

나는 그때까지만 해도 공부에 별로 취미가 없었다. 적당히 공부하고, 공부보다는 친구들과 어울려 노는 것을 더 좋아했다. 가끔 지금의 아내와 만나 데이트하는 데 관심이 많을 때였다.

내가 제일 열심히 공부할 때는 시험 3~4주일 전부터였다. 밤을 새워 벼락치기로 공부를 하고, 시험이 끝나고 나면 슬그머니 책을 한쪽으로 미뤄 놓는 스타일이었다.

그래도 고3 때는 공부를 열심히 하는 김용훈, 신정식 친구들과 늦게까지 학교에 남아 공부를 하기도 했다. 학년에서 50등까지 뽑아 우수반을 만들고 취업 준비를 시켰던 것이다. 친구들과 '열심히 공부해서 좋은 직장 들어가자' 고 의기투합하면서 공부를 같이 하곤 했다.

자취하던 김용훈의 앞집에는 고흥 쪽에서 온 김성택과 김헌이 자취를 하고 있었고, 근처에 김정섭과 김웅중 친구도 자취를 하고 있었다.

공부 잘하는 친구들을 가까이 하려 했다

놀기를 좋아했지만 나는 공부도 중요하다고 생각하여 의식적으로 가능하면 열심히 공부하는 친구들과 어울리려 노력했다. 등하교할 때는 신정식, 김용훈, 김태균, 김오남, 박갑규와 주로 다녔다. 친하게 지내던 친구 중 낙안에 살던 오기준은 2학년 때 광주상고로 전학을 갔다.

언젠가 고등학교 동창 모임에서 친구들과 추억을 이야기하는 중, 신정식이 웃으면서 말을 꺼냈다.

"야, 승철아, 너 그때 생각 나냐? 정란 씨가 우리 자취방에 놀러오면, 너랑 정란 씨랑 데이트하라고 나는 학교 운동장으로 가서 내내 걷기 운동했다."

"왜? 그랬어! 같이 있어도 아무 일 없었는데?"

"정란 씨랑 뽀뽀라도 하라고 내가 비켜 준 거야."

"그럴 필요 없었는데……. 우리는 진짜 그때 둘이 뽀뽀도 못 해봤어."

"웃기시네. 거짓말 마라."

하지만 거짓말이 아니었다. 건전하게 친구로 사귀다가 고등학교 졸업하고 군대 다녀와서 결혼하겠다고 생각했기 때문에, 고등학교 졸업할 때까지 건전한 동창커플로 잘 지냈다.

고등학교 1학년 어느 날, 선배가 정란이에게 고백 편지를 보냈다. 좋아한다고, 만나고 싶다고 하는 내용이었다. 정란이는 그 편지를 나에게 가져와 보여주었다. 나는 그 편지를 선배에게 직접 돌려주겠다고 하고 받아왔다. 다음 날 학교에 가서, 쉬는 시간에 학교 정문 쪽 한적한 곳으로 선배를 불렀다. 그리고 주머니에서 편지를 꺼내 선배에게 돌려주었다.

"선배, 그 여학생은 입학 때부터 나랑 사귀고 있어요. 그러니까 앞으로 이런 편지를 보내거나 만나자는 말은 안 했으면 좋겠습니다."

눈에 잔뜩 힘을 주고 이야기했더니 그 이후로는 편지를 하거나 얼쩡거리지 않았다. 시간이 흘러 2학년이 되었을 때, 또 다른 선배가 정란이에게 사귀자는 편지를 보냈다. 하지만 그 편지 또한 내가 직접 만나서 돌려주었다.

"그 여학생은 내가 사귀고 있는 학생이고, 결혼까지 생각하고 있습니다."

당당하게 말하고 선전포고를 하자 이후로는 아내에게 편지를 보내거나 만나자고 하는 사람이 없었다.

"용기 있는 남자가 미인을 얻는다"는 말을 그때 어디선가 들었던 기억이 있다. 아마 그 말에 힘입어 나도 용기를 가지고 당당하게 선배에게 말할 수 있었던 것 같다.

◀가을 소풍에서. 왼쪽부터 아내, 아내의 친구 최순미, 김영자

04

나는 일찍
철이 들었다

부모님께 죄송해서 등록금 얘기를 못 했다

나는 부모님이 농사지으며 힘들게 일하시는 모습을 보고 성장했기 때문에, 학교에서 육성회비_{등록금} 고지서가 나와도 집에 이야기를 하지 않았다. 어머니는 항상 주위에서 말을 듣고 나서야 아셨다.

"승철아, 너는 고지서가 나오면 얘기를 해야지, 왜 안 하니."

어머니는 등교하는 나를 불러 육성회비_{등록금}를 주시곤 했다.

고등학교 입학을 앞두고 부모님과 사소한 갈등이 있었던 것도 이 때문이다. 부모님을 도와드리고 싶은 마음에, 나는 부산으로 가서 부산상고 야간을 다니겠다고 했다. 그러면 낮에는 직장을 다니면서 일을 할 수 있으니 경제적인 도움을 드릴 수 있을 것 같았다. 마침 부산에서 직장생활을 하던 누나가 계셨기 때문에 생활하는 것도 문제가 없을 것이라고 생각했다.

그러나 부모님은 허락하지 않으셨다. '학교 잘 다니면서 공부만 열심히 해라!' 고 하시며 내 등을 토닥토닥해 주셨다.

그때만 해도 시골 사정이 어렵다 보니 고향 친구들 중 몇몇은 중학교, 고 등학교 진학을 하지 못하고 부모님을 따라 일찌감치 농사를 지었다. 그러 나 내 부모님의 생각은 달랐다.

"공부를 해야 지금 우리 세대보다 낫게 살지 않겠니. 아무리 힘들어도 너 희들 학비는 밀리지 않을 테니 공부 열심히 하고, 나중에 졸업해서 좋은 직 장 들어가라."

그래서 우리 형제 모두는 고등학교까지 다닐 수 있었다.

결혼하고 내가 서울에서 직장생활을 할 때였다. 추석, 설 명절이나 휴가 때 아내와 아이들을 데리고 고향집에 가서 지내다가 서울로 돌아오려고 하면, 부모님은 봉투 하나를 쥐어주셨다.

"넉넉하지 않은 신혼살림에 아이들까지 키우느라 고생이 많지? 생활비 에 보태 써."

하지만 부모님이 얼마나 힘들게 농사를 짓는지 잘 알고 있기에 도저히 그 봉투를 받을 수 없었다. 아니, 감사히 받은 뒤 슬그머니 툇마루에 봉투 를 다시 올려두었다. 아내도 그런 내 마음을 잘 알고 있기에, 부모님이 나 모르게 아내에게 생활비를 주어도 아내 또한 절대 받아오지 않았다.

우리야 젊으니 앞으로 열심히 일하며 필요한 돈은 벌어가면 된다고 생각 했다. 그때만 해도 모든 것에 용기와 자신이 넘쳤다. 어릴 때 성장하면서 주로 함께 어울려 놀았던 선후배, 친구들의 이름이 생각난다.

류재일, 류명렬, 최영순, 박미경, 박철규, 류상래, 류송열, 류유열, 류재홍, 류재남, 류미자, 류미숙, 류경자, 류영희, 류영희2, 최형모, 박남숙, 류재화, 류삼열, 박현자 등이 주로 마을에서 함께 어울리며 놀았던 1년 동갑내기 선후배들이다.

재경 고등학교 동창회 총무로 활동하며 느낀 것들

벌교상고는 남녀 공학이었다. 학창시절에 아내를 만나 결혼하고 동창 부부로 살다보니, 벌교상고에 대한 애정이 남다를 수밖에 없었다. 그런 이유로 재경 26회 동창회 총무를 맡아 5년 정도 활동했다. 당시 동창회장은 김종호가 맡아 적극적으로 잘 이끌었고, 나는 총무로 활동을 하면서 동창생들의 단합을 위해 나름대로 많은 노력을 했다. 이때가 동창회 활동이 가장 활발했다고 나는 생각한다.

동창회를 하는 날이면 항상 나는 개인적으로 장미꽃을 준비하여, 참석하는 여자 동창들에게 한 송이씩을 나누어주었다. 사소한 것이지만 그런 작은 이벤트가 서로의 마음을 따뜻하게 만들고 단합의 단초가 되었다.

김종호는 회장으로 있는 동안 고등학교 은사님들을 초청하여 감사의 마음을 전하는 행사를 진행했다. 또 졸업 30주년 때 모교를 방문하여 기념하는 행사를 하고 학교에 장학금을 전해주는 전통을 만들었다. 당시 총무로서 졸업 30주년 행사를 앞두고 혼자 여러 가지를 기획하고 준비했는데, 선배들 못지않게 멋지게 끝마쳤다고 생각한다.

그동안 동창회 발전과 활동에 애정을 가지고 적극적으로 활동해주었던 친구 김남태, 신영식, 신정식, 김태균, 장병모, 이순옥, 김희자, 노상선, 홍상곤, 박승열, 김종호에게 감사패를 만들어 이 행사에서 전달하기도 했다.

여자 총무로 열심히 활동해 준 김희자, 동창회에 적극 관심을 주었던 김화봉, 조우숙, 신정순에게도 이 글을 통해 특별히 감사의 마음을 전해본다.

동창회 총무를 맡아 활동하면서 더 많은 친구들이 참석할 수 있도록 노력했지만, 일이 바쁘거나 사정이 어려워 참석하지 못한 친구들도 있었다. 또 그동안 동창회에 참석을 안 하다가 뒤늦게 합류하려니 망설이는 친구도 있었다. 그래서 동창회 활성화를 위해, 동창회에 참석하지 않은 동창생이라 해도 애경사가 있을 때는 동창회 이름으로 조화나 화환 정도 보내 주는 게 어떻겠느냐는 의견을 내놓았다. 하지만 반대하는 친구들이 많아 그것을 하지 못했다. 그 점이 가장 아쉬움으로 남았다.

동창회에 관심이 없든, 일이 바빠서든, 생활이 어려워서든, 동참 모임에 참석하지 못하는 데는 분명 사정이 있을 것이다. 그러나 지난 고교시절 3년을 함께 공부했던 친구들인데 애경사에 조화, 화환 하나 보내는 게 뭐 그리 어려운 일일까 싶었다. 그렇게 해서 동창회의 존재를 알리고 나면, 어쨌거나 그 작은 것에 고마움을 갖게 될 것이고 고마움이 관심으로, 다시 참석으로 이어지지 않을까 하는 게 내 생각이었다.

▲모교방문 졸업 30주년 행사에서

벌교상업고등학교에 대한 각별한 애정

벌교상고에 각별한 애정을 갖는 데는 이유가 있다. 가장 사랑하는 여인
을 동창으로 만나 많은 추억을 쌓고 부부의 인연을 맺었으니 그보다 더 중
요하고 감사한 일이 어디 있겠는가. 그 때문에 학교와 동창에 대한 애정도
남들보다 크다.

이 글을 쓰면서 최근에 우연히 알게 된 사실이 하나 있다. 동창 중에 김
복희 동창 친구가 화가로 있다. 내가 동창회 총무 시절 자랑스러운 동창생
패를 만들어 동창회에서 전달해주면서, 더욱 훌륭한 화가로 활동하도록
응원과 용기를 주었던 일도 있다. 그리고 예술가들의 형편이 힘들다는 것

을 알고 있기에 조금이나마 도움을 주고 싶어서, 동창회와 총동문회에 연락해 동문회 차원에서 전시회를 개최해주기로 약속을 했다.

그렇게 전시회가 결정되었는데, 나는 광주에서 근무를 하고 있을 때라서 회사 일정이 바빠 전시회 당일 참석을 못 했다. 동문회에서 충분히 교감을 했고 우리 동창회 에서도 전시회를 하자고 했던 일이라, 다른 사람들이 많이 갔으려니 하고 걱정하지 않았다.

그런데 전시회 당일, 동창과 동문 중 아무도 참석하지 않아 김복희 친구가 힘들어했다는 이야기를 이 글을 쓰는 동안 우연히 들었다. 특히 작가 소개도 없이, 혼자서 여기저기 다니면서 전시회를 꾸리느라 마음고생이 많았다고 했다. 누구도 관심을 가져주지 않은 것에 대해 동창으로서 아쉬움이 있고, 나 역시 중요한 회사 일정 때문에 참석하지 못한 것이 못내 미안했다. 이제 동창생들도 나이를 먹으면 먹을수록 넓은 마음으로 상대를 배려하고 베풀면서 좋은 인연과 멋진 추억으로 채워가기를 바라는 마음이다.

▲자랑스런 동문인상 수상

05

대학교에
진학하게 되었다

회사에 다니면서 열심히 일하다 보니 임원들의 관심과 배려로 대학에 진학할 수 있었다. 회사에서 학비 전액을 지원받아, 광주대학교 경상대학 회계학과에서 4년 6개월 동안 주말 수업을 한 끝에 대학교 학사 졸업을 했다.

이 대학교는 바쁜 직장인들을 위한 초기 개방대학교로, 토요일과 일요일에만 수업을 했다. 조건이 그렇다 보니 서울에서도 지원한 직장인이 많았다.

토요일 이른 새벽, 을지로에서 만나 전세버스로 광주까지 내려오든가, 바쁠 때는 김포공항에서 광주공항까지 비행기를 타고 내려가서 매주 토요일과 일요일에 수업을 듣곤 했다. 학생증을 제시하면 다행히 항공기 요금을 30% 할인해 주었다.

바쁜 직장생활을 하는 학생들이 많기 때문에 수업 이후 과제가 많았다. 과제를 못 해온 동기들의 과제를 서로 도와주고, 수업에 참석하지 못한 친

구에게 강의 노트를 복사해 주면서 서로를 응원했다. 그렇게 주경야독晝耕
夜讀하며 대학을 다녔다.

우리 광주대학교 회계학과 동기들 중 김지현조선맥주 경리부 과장. 이후 하이
트 진로 사장, 하이트 홀딩스 사장, 염동삼전 국회의원 염○연 동생. 철강회사 대표, 김
태균한일리스, 아시아신용정보 사장, 이종만혜성여상 교사, 김희창대창석유 경리부
장, 김재진건설회사 경리부장, 신호영힐튼호텔 경리부장, 강돈형기업은행 과장, 신
희봉농업진흥공사 근무 등이 생각난다. 모두가 회사에서 인정을 받고 있는 성
공한 사람들이었다.

학교 수업이 끝나고 지친 몸을 버스에 실으면 너나 할 것 없이 모두 곯아
떨어졌다. 서울까지 오는 동안 한숨 잘 자고, 을지로에 도착하면 골뱅이 골
목으로 발길을 옮겼다. 그렇게 한 잔씩 하고 각자 헤어지곤 했다.

그때마다 하이트 맥주 김지현 사장은 식당에서 하이트 맥주만 찾았다.
만약 하이트 맥주가 없으면 종업원에게 용돈까지 주면서, 슈퍼에 가서 시
원한 하이트 맥주 한 박스 사오라 해서 하이트 맥주만 마셨다. 대학 다니는
동안 내내 하이트 맥주만 마시다 보니, 지금도 술이라면 나는 하이트요즘은
하이트 테라 맥주만 마신다.

항상 감사한 게, 명절 때마다 김지현 형님께서 하이트 맥주 5박스, 소주
3박스씩 보내주셨다. 남다른 애사심에 감명을 받아 나 또한 하이트 팬이
돼버렸다.

나는 주말에는 대학을 다녔고, 평일에는 세무사 자격을 취득하겠다는 목

표와 꿈을 가지고 퇴근 후 영등포에 있는 세무사 학원을 다녔다. 학원에 등록하는 날, 나보다 나이가 훨씬 많은 어르신들도 퇴근 후 공부하는 모습을 보면서 '지금이라도 늦지 않았다. 부지런히 더 노력하면서 공부해야겠다'는 다짐을 하기도 했다. 회사 일이 많을 때는 학원에 앉아 있기조차 힘들었으나 나보다 나이 많은 학원생들의 모습을 보면서 용기를 냈다.

이렇게 세무사를 목표로 학원에 다니며 공부를 하는 도중, 살면서 가장 가슴 아프고 불행한 사건이 터졌다. 형제들이 교통사고를 당해 한순간에 운명을 달리한 것이다.

사건 이후 해결해야 할 일들을 나 혼자 처리하고 수습하면서 도저히 정신을 차릴 수 없었다. 이러한 상황으로 인해 내 인생의 첫 번째 꿈이던 세무사 도전은 자연스럽게 포기하게 되었다.

▲대학교 시절 교정에서 동기들과. 가장 왼쪽

단상(斷想)

인생/부모/가족

인생

사이버 속에서

●

아직도 난 하지 못한 이야기가 있습니다.
시작하면 끝이 없을 것 같아
차마 시작도 못 하는
이야기들이 너무 많습니다.

어느 날 문득 생각에 끄적끄적 썼다가 지우고
누구에게도 말할 수 없는 비밀은 아니지만
하고픈 말 모두 하고 나면 왠지 속 시원함보다
돌아서며 후회와 아쉬움만 더해질 것 같아
그냥 가슴속에 그리운 이야기로 묻어두럽니다.

메마르고 퍽퍽한 세상살이에 지쳐 외로울 때는
어쩌면 그 그리움도 나에게는 위로가 될 것 같기에
가슴 깊이 묻어둔 다하지 못한 이야기를 감싸안으며
난 그렇게 오늘도 내 꿈을 향해 덤덤히 살아갑니다.

그리움을 잊으려 주말이면 다 팽개치고 당신들의
따스한 손길 느끼려 금요일 밤 달려 텅 비어 허전한
그곳에 소나무로 하나하나 허전함을 채워갑니다.

먼 훗날 언젠가 이 사이버 속에서 지금 내 마음속에
다 말하지 못한 그리운 이야기
소중히 묻어둔 이야기
아직도 해보지 않은 이야기
하고픈 이야기 해보려 합니다.

중년 이야기-인연

중년의 인연은 구분해서 맺어야 합니다.

진정한 인연이라면 최선을 다해서

좋은 인연을 맺도록 노력하고

스쳐가는 인연이라면

무심코 무관심으로 지나쳐버려야 합니다.

그것을 구분하지 못하고

만나는 모든 사람들과

헤프게 인연을 맺어놓으면

쓸 만한 인연을 만나지 못하는 대신에

어설픈 인연만 만나게 되어

그들에 의해 삶이 방해되는 아픔을 받아야 합니다.

수많은 사람들과 접촉하고

살아가고 있는 우리지만

인간적인 마음이 통하여 접촉하며 살아가는 사람들은

몇몇에 불과하고…….

그들만이라도 진실한 인연으로 맺어 중년을

함께 살아간다면

좋은 삶을 살아가는 데 부족함이 없음을 깨달았습니다.

중년의 세월 속에

●

중년의 세월 속에서 천 년을 살 것처럼
앞만 보고 살아왔는데 중년의 세월 속에
기껏해야 백 년을 살지 못하는 삶임을 알았습니다.

그렇게 저 멀리만 보이던 중년이었는데
어느새 시간은, 세월은…….
나를 불혹에서 지천명으로 만들고 말았습니다.

때로는 부질없는 탐욕을 가지고 살아온 세월이
가슴을 텅 비우게 했고,
머릿속 생각만 어지럽게
살아온 시간들이었습니다.

이제 남은 세월은 욕심을 버리고
가슴을 채우며
나의 명예를 위해 살아가는
삶이 되기를 약속해봅니다.

이제는 추억 속에 사는 삶이 아니고
미래에 멋진 친구로,
멋진 남편으로,
열심히 살아가는 아버지로
그들의 기억 속에 남을 수 있도록
삶을 더욱 소중하게 가꾸며 살아가려 합니다.

그냥 그래요, 모두가

●

요즘 일상은 좀 편해진 듯해도
여전히 마음의 여유는 없고
늘 무겁게 느껴지는 어깨에
하나의 짐이 있다고 느껴집니다.
중년이라서 더욱 그런가

뭐랄까
딱히 이유 같은 건 없는데
그냥 그런 거 있잖습니까?

어느 땐
다들 행복해보이는데 나만 힘든 것 같고
나에게만 무겁게 느껴지는 짐이 있는 것 같은

그냥 그래요, 모두가

우리 인생길 행복을 찾아 달리는 그 길에
누구나 늘 무겁다는 한 짐을 지고 있답니다.

'괜찮아!'
지금 살아가는 모두가 한 짐을 지고 있으니

힘내요, 사이버 친구들 모두!
어느새 행복이 잡힐 것입니다.

그래······ 가끔 하늘을 보자

자꾸만 지치고 힘들 때
마음이 아플 때

내 머리 위에 저렇게 새파란 하늘이 있다는 걸

가끔은 확인해줘야지

한 해의 끝자락에서

●

한 해 중 가장 설레고 들뜨면서도 많이 아쉬운 12월
어느새 한 해의 끝자락에서
이젠 무언가 정리를 해야 할 시간인 것만 같다.

어제와 오늘…… 서로 다른 모습 남기면서.
난 무엇을 담고 어떠한 모습을 그리며 여기까지 와 있는 걸까
내 안엔 무엇이 들어 있는 걸까
가장 나다운 건 무엇일까
진짜 나는 어떤 나일까

한 해의 끝자락에서 뒤를 돌아보니
허허롭고 아쉬움이 먼저지만
살면서 정답인 건 없다 했지 않은가.
그냥
온 힘을 다해서 사는 거지.
소중한 꿈을 향해서

마음이 가는 대로 마음이 원하는 대로
그렇게 지금까지 살아왔음에 후회는 하지 않으려 한다.
변해가는 것들에…… 집착도 안타까움도 접어가야지

이렇게 내 가슴에서 심장이 뛰고 있는 한
마음 다스리며 어제도 그래 왔고 오늘도 그렇듯이
내일도 또 그렇게 살아갈 거다

때론 흔들리기도 하고
때론 지쳐 우울하기도 하면서
힘들 때도 있지만, 행복한 삶의 여행을 위해서
한 해 마지막 날들에 작은 의미를 담고서 어깨 펴고
또 한 해를 꿈을 향해서 달리는 거다.

여행 중입니다

●

인생은 세상에 태어나 끊임없는 여행 중이랍니다.
인생 여행을 떠나기 위하여 여행에 필요한 정보를 잡기 위하여
초딩 중딩 고딩 대딩 지식의 여행을 달려
사회라는 미지의 세상으로
나를 찾아 떠나는 본격적인 여행을 시작합니다.

혼자 떠나는 그 길 외로워 결혼이라는 여행 속에
스스로 나를 구속하는 울타리를 만들고
그 울타리 안에서 인생의 행복을 만들어갑니다.
어느덧 그 울타리 안에서 새로운 희망을 만들며
또 하나의 새로운 희망의 여행을 시작합니다.
언제나 희망 가득 행복을 꿈꾸며 떠나는 여행
행복이 바로 저 앞인 것 같은데
그곳에 도착해보면 행복은 저 멀리에서
어서 달려오라 손짓합니다.
그 행복을 잡기 위하여 인생을 여행하다 보면

또다시 행복은 눈앞에 우뚝 서서

그냥 잡힐 듯 가까이 다가섭니다.

우리들 인생은 오늘도 그 행복을 잡기 위하여

머나먼 길 여행을 계속합니다.

행복을 찾아서 달려가는 인생

달리다 보니 어느새 불혹입니다.

인생의 여행길 행복을 찾아 떠나는 여행입니다.

이 기나긴 여행길에

우리는 여행에 필요한 새로운 휴식의 여행이 필요합니다.

멀고 먼 행복을 찾아가는 인생의 여행길

잠시 쉼표가 필요한 중년 인생은 불혹입니다.

행복을 찾아가는 기나긴 인생의 여행길, 그 여행길에……

어느덧 중년 불혹의 중년에 필요한 에너지를 충전하고

나를 찾아보는 쉼표의 여행이 필요합니다.

중년, 잠시 쉼표의 여행이 필요합니다.

내가 하루에 마시는 커피는 세일해서 7잔 정도다

●

출근해서 마시고
컴퓨터 앞에 앉으며 마시고
식후에 마시고
친구 생각 나 마시고
비 내린다고 마시고
중년의 무게에 마시고
느끼는 커피향이 좋아서 마시고…….

그리고
그냥 이유 없이 마시고…….

이런저런 이유로 물처럼 마시는 커피.
오늘도 나의 커피 사랑은 쭈욱 이어진다.

부모

어버이날 그리움에

●

오월은 늘 푸르름이 가득하여
새 생명이 돋아나는 새싹들과 꽃이
더욱 아름다운 계절입니다.
어린이날, 어버이날, 스승의 날, 부부의 날······.
가족의 소중함을 새삼 깨닫게 되는 계절입니다.

천년만년 늘 함께
그 자리에 그대로
든든한 버팀목으로 지켜주고
힘들 때 꼭 안아주고 할 것만 같았던,
잘되라고 응원하는 내 사랑하는 부모님.

어느 날 불현듯 훌쩍 떠나간 그 자리가 너무나 커서
오월이면 더 가슴 아파옵니다.
잘 가라고, 고맙다고, 사랑한다고, 인사 한 마디
마음속 그대로 전할 시간도 없이

내 곁을 떠나신 그분들 생각에

최근 3년 동안

나의 행동에도 큰 변화가 찾아온 것 같습니다.

오월이 되면

장성한 아들들이 어버이날 선물도 챙겨주고

군에 간 둘째는 전화로 어버이날 축하한다고

큰아들이 가슴에 카네이션을 달아 주지만

가슴속 허전함은 채울 수가 없습니다.

세월이 흐르고 흐를수록

오월이면 더 보고 싶고 더 그리운 아버지 어머니.

어버이 그리운 마음을 달래려

이번 주말은 아버지 어머니 산소를 돌보기로 하고

일용직 세 명을 미리 섭외하여

부모님 산소에 잡풀을 제거하고 농약을 살포하기로

계획을 세워 보았습니다.

주말에 고향을 찾아 넥타이 풀어 두고

아침 일찍 함께 작업을 도와주기로 한 일용직 도우미 세 명과

산소로 향했습니다.

어깨 한쪽에는 예초기, 한쪽에는 농약분무기,
한 손에는 카네이션 화분을 들고.
도우미 세 명은 산소에서 잡풀을 정리하고
나는 잡풀을 한곳으로 옮겼습니다.
모두가 열심히 일해준 덕분에
오전에 잡풀 제거 작업이 마무리되었습니다.

오월의 햇볕은 뜨거웠고
땀으로 온몸 목욕을 했지만
마음은 행복하기만 했습니다.

오후에는 할아버지 할머니 등
가족들 산소를 돌보기로 하고
봄이라서 잡풀들이 한참 자라고 있는
가족 산소 작업에 나섰습니다.
도우미들은 잡풀 제거 작업을 하고
나는 오전에 잡풀을 제거한 부모님 산소에
잡풀 뿌리 제거 농약을 살포했습니다.

농약기계를 어깨에 메고 살포 마치고 나니
몸은 지치고 더위에 정신이 없었지만,

잠시 쉬면서 시원한 물과 간식을 먹은 뒤
할아버지 할머니 계시는 가족 산소 잡풀 제거 작업에 동참하여
함께 마무리를 했습니다.
어느덧 하루가 저물어가고 있었습니다.

부모님 산소 잡풀 제거 작업으로 땀 흘리며 나니
오월이면 너무나 보고 싶고 그리운 부모님 생각이
조금이나마 달래지는 것 같고,
다리도 아프고 허리도 아프고 두 어깨도 아프지만
마음은 너무나 행복한 오월의 주말이었습니다.
늘…… 은애합니다.
내 아버지 어머니!

엄마를 보내고

지금 이 순간도 눈앞에 아른거리는 엄마 모습.
내 나이 어느덧 불혹인데도
엄마는 언제까지나 나를 '아가' 라 불렀습니다.

학창시절, 오후에 창밖에 갑자기 내리는 소나기를 바라보며
집에 돌아갈 걱정을 하고 있을 때
창가에 나타나신 엄마의 그 모습.
두 손에 우산을 들고 비 오는 그 먼 길을 걸어서
우산을 전해주며 '아가야' 하고 웃던 그 모습.
비만 오면 아직도 그 모습이 생각납니다.

어느 날 내 방에 들어와 조용히
'아가야' 하며 내 손을 꼭 잡으시고
구겨진 돈을 손에 쥐어주시며
'먼 학교길 걸어다니느라 힘들지?
자전거 사서 타고 다니그라.'

말씀하시던 그 순간을 나는 아직도 잊지 못합니다.

살아생전 엄마 소중한 옥구슬 4개 가지고 만지며
닳아질까 아까워 가슴에 두고 사시다가,
어느 날 3개가 없어질 때도
"하나도 없는 사람도 있더라.
옥구슬 하나, 너라도 지키려 열심히 살란다."
하셨는데…….

내 마음 세월 따라 흐르고 흘러 강이 되어도
엄마가 베푼 사랑 그 넓은 사랑은
드넓은 바다입니다.
거침없이 흐르는 강은
언제쯤이나 엄마 같은 바다 될까.
한평생 베푼 사랑.
아기 사랑, 가족 사랑, 올곧게 살아온 당신의 길
나에게 본이 됩니다.

그 살아온 발자취, 그 넓은 뜻, 더듬고 더듬어
깊은 뜻 밝혀 살아가며 내 모두 따르렵니다.
어머니 모든 근심 걱정 잊으시고

단상 斷想

먼 곳 저세상에서
먼저 간 가슴속 옥구슬 3개 찾아
함께 행복하시기만을 바랍니다.

가슴에 묻고 가신 그 한들 어찌 잊으리마는
살아가다 보면 좋은 날이 많을 것이라서
그리도 열심히 허리 구부러진 줄도 모르시고 한평생 사셨는데
가슴에 한을 두고 살아야만 했던 내 엄마.

당신을 생각하면 이리도 가슴 아파오지만
그 아픔을 대신할 수 없어 조용히
글로나마 적어 봅니다.

엄마, 당신이 낳아준 이 아기는
엄마의 큰 뜻 찾아 거침없이 살아가려 합니다.
비 내리면 먼 길 오셔서
미소 지으며 우산 전해주시던 그 사랑,
그 마음 그대로 간직한 채.
손 꼭 잡으며 '먼 길 걸어다니기 힘들지?' 하며
자전거 사서 타고 학교 다니라 하신 그 사랑,
그 마음 그대로를 이제 내 아기들에게 돌려주려 합니다.

엄마가 한평생 베풀어주시던 그 모습,

그 마음 그대로

내 평생 살아가며 베풀 것입니다.

사랑합니다.

영원히 은애합니다.

사랑합니다, 어머니!

내 아버지

소중한 아버지.

남은 모든 생을 4남 2녀 자식 바라보며 열심히 살아온 당신.

몸과 마음이 힘들어도

자식들 커가고 성장해가는 모습 지켜보며,

힘들게 자식 키우시며, 그래도 행복했던 그 모습 속에

당신 힘든 모습 보이지 않으려 그리도 열심히 사셨는데

당신이 힘들게 살아온 일생, 이제 다시는 되물리지 않으려…….

새벽바람 가르며 운동화 신으시고

아침마다 보행으로 몸 다지시고

힘들고 아픈 마음 참아오신 아버지.

언제부턴가 새벽 고요함을 가르시던 당신의 한 서린 창 한가락이

이 몸에게는 아침을 깨우는 정겨운 소리였는데…….

이제 새벽을 흔드는 그 한 서린 창을 듣지 못한 지 10년.

그리도 창을 좋아하고 가락을 좋아했던

당신의 그 목소리 들으며 새벽을 가르고 싶은데
이제 다시는 영영 그 구수한 아침 창을 듣지 못한다는 것이
이리도 가슴을 아프게 합니다.

하나 남은 자식 지키려
당신의 일생을 아름다운 보금자리로 만들어주시고,
말 한마디 인사 한마디 할 수 있는 잠깐의 시간도 내주지 않은 채
영영 떠나셨습니다.

당신이 아끼고 아낀 이 아들,
당신의 그 마음을 알기에
오늘도 무던히 당신을 잊으려 애쓰고 있답니다.

당신의 모든 일생 땀이 서려있는 그 자리,
당신이 만들어 주신 그 보금자리에
멀지 않은 날 영원히 내가 머물며
그 마음 그 뜻을 잊지 않고 꿋꿋하게
남들 열 자식 부럽지 않게, 야무지게 살아가려 합니다.
당신의 그 뜻을 저는 알고 있습니다.

아버지처럼 그렇게 멋있게, 꿋꿋하게, 당당하게 살아가며

당신에게 받은 사랑 그대로를

당신이 제일 사랑했던 당신의 3세들에게 돌려주려 합니다.

훌륭하게, 당당하게, 정말정말 당신의 인생

아름답고 멋지게 사셨습니다.

사랑합니다.

내 아버지!

그리운 부모님

어느덧 추석이 성큼 다가오는 것 같습니다.
하루 일과를 끝내고 내일부터 휴가인데
막상 기다려주는 소중한 분들이 없다는 것이 이리도
가슴 아플 줄은 몰랐습니다.

언제나 이맘때면
언제쯤 올 것이냐, 차 조심해라, 전화해 주시던
소중한 그분들이 없다는 것이 마음 아픕니다.

그 먼 길 서울에 살면서도,
몇 시간 아니 이틀이 걸리는 긴 여정에도
그분들에게로 가는 길은 힘든 줄 몰랐는데…….
이제 가까운 곳에 고향을 두고도 이리도 힘들 줄은 몰랐습니다.
천년만년 사실 것 같은 그분들이었는데…….

그분들을 생각하며 소중한 선물을 고르던 재미도 없어지고,

선물 전단지만 보아도 가슴이 아리는 것은 숨길 수가 없습니다.

사이버 친구들,
지금 당신이 조금 힘들어도 꼭 부모님 찾아뵙고
마음속에 간직하고 마음으로 해주고 싶은 그대로
마음껏 사랑을 주시고 돌아오십시오.
자식들 키우느라 당신들 돌보지 않아
지치고 외로운 그분들에게
힘을 주시고 돌아오셔야 합니다.

그분들 곁에서는 아이들처럼 똑같이 애교도 부리고 재롱도 떨어보고
자식 키우느라 잔주름이 가득한 그분들 얼굴에
행복한 미소를 가득 안겨주고 돌아오십시오.

더 좋은 날 더 좋은 선물 해드려야지,
더 좋은 날 찾아뵈어야지, 절대로 그러지 마세요.
지금 당장 모든 생각 접어두고
부모님이 계시는 그곳으로 달려가세요.
부모님은 절대로 더 좋은 날을 기다리지 못한답니다.

사랑 가득 채워진 김치냉장고

언젠가 자식 집에 놀러와 모처럼 함께 쇼핑을 하던 날
당신에게 넓은 도시생활 보여주고파
함께 쇼핑을 하며
애니랑

"어머니 이것 입어 보세요."
"아니다. 누나가 사줘서 집에 옷 많다."
옷은 많으니 그냥 구경이나 하자고 하셨는데…….

애니랑
쇼핑하면서 새로 나온 김치냉장고 바라보며

"여보, 다음 달 보너스 타면 저것 사주라."
"그래, 알았어. 내가 사줄게."
그냥 쇼핑하며 지나친 말이었는데
어머니는 그 말을 가슴에 담아두시었는지,

어느 날 누나가 일하는 하이마트에서 전화가 왔다.
오늘 아버지가 오셔서 김치냉장고 사놓고 가셨단다.
내일 배송하니 잘 받으라고 한다.

당신은 쇼핑하면서 옷 한번 입어보라면
한사코 안 사겠다고 하시던 분인데,
애니랑 김치냉장고 사고파 하는 마음 가슴에 안고
집에 돌아가시기 바쁘게 아버지에게
애기가 김치냉장고 가지고파 하는 것 같다고……
그 다음 날 하이마트로 향했다는 말씀이
가슴을 아프게 만듭니다.

그냥 한없이 주기만 하는 부모님의 그 사랑
김치냉장고 가득 채워놓으시고,
그 사랑 돌려드릴 시간도 주지 않고 영영 떠나시니
이제 그 빚을 누구에게 갚아야 할지…….

어느 일요일 오후, 김치냉장고를 바라보다 당신들 생각에

그대들은 모릅니다

내가 그대들을
다 잊은 척
괜찮은 척
씩씩한 척
무관심한 척
그렇게 묵묵히 살아가지만

언제나 처음 그 마음 그대로
사랑하고 그리움에 살고 있다는 것을
그대들은 모릅니다.

해가 뜨고 지고, 계절이 변해도
늘 그리움으로
항상 보고픔으로
가끔은 눈물 훔치는 아픔으로.

그대들을 향한 내 마음은
끝없는 사랑이라는 것을
그대들은 모릅니다.

그대들은 아직도 모릅니다.
내가 그대들을 얼마나 잊지 못하고
내가 그대들을 얼마나 사랑하고 있는지를

내 마음은 늘 변함없이 그대들 곁에 머무르고 있다는 것을
바보같은 그대들은……모릅니다.

형제들 생각나던 날

가족

2가 1이 되는 부부의 날

살아가며 부부에 대한 많은 이야기가 있지만
내가 생각하는 부부의 행복은?

부부는 늘 서로 존중하며 살아가야 한다고 생각합니다.
부부 서로의 인격을 존중하고
부부 서로의 하는 일을 존중하고
부부 서로의 말을 존중하고
부부 서로의 가족을 존중하고
부부 서로의 마음을 존중해준다면
부부는 늘 행복 가득
한평생 사랑하며 살아갈 것이라 생각합니다.

우리 멋진 부부님들,
모두가 부부 서로 존중하며 한평생 살아간다면
멋진 부부 아름다운 부부
잉꼬부부로 늘 행복할 것이라 생각합니다.

오늘 부부 서로 서로를 칭찬하고 존중하는 마음으로
행복한 시간 함께하시길 응원 전송합니다.
우리 모두 부부 존중으로
늘 '아름다운 부부' , '잉꼬 부부' 로 살아가길 응원합니다.

애니랑

미워할 수 없다는 걸 알면서도
미워지는 한 사람이 있습니다.

의지대로 안 되는 걸 알면서도
의지대로 하고픈 사람이 있습니다.

하루에도 열두 번 맘 바뀌는 걸 알면서도
그 맘 모른 척 기다려지는 한 사람이 여기 있습니다.

마주 앉은 것만으로도 행복하고.
아는 척해 주는 것만으로도 입가에 미소 짓게 하는 사람.

서로의 눈빛을 보는 것만으로도
즐거운 사람이 여기 있습니다.

내 것으로 허락한다면

그 누구보다 더 아껴주고 싶은 단 한 사람입니다.

깨어 있는 꿈으로도 꿈꿔지고
잠들어 있는 꿈으로도 소망하고픈 한 사람입니다.

어딜 가든 내 주머니 속에 넣고 다니고 싶은 사람
그렇게 늘 내 가까이에 두고픈 사람이 여기 있습니다.

그 한 사람이
이 세상에서 가장 내가 사랑하는 내 아내 애니랑입니다.

내 사랑 애니랑

●

내 가슴속에는 꼭꼭 숨어 있는 사랑이 있습니다.
늘 보고 싶고 만나고 싶고 언제라도 그리워서
그때마다 살며시 꺼내어 보고 만나는 사랑이 있습니다.

비가 오면 빗소리로 바람 불면 바람소리로
맑은 날은 고운 햇살로 다가오는 사랑이 있습니다.
때로는 그리움으로 눈물 흘리고
마음 아파할 땐 서로가 가슴 아려 하지만
그러면 그럴수록 더욱 깊어지는 사랑이 있습니다.

같은 하늘 아래서 숨 쉬는 이유 하나만으로도 기쁘고 행복해서
두 손 모으게 하는 사랑이 있습니다.
이 세상 끝나는 날까지
아니 다음 세상에서도 함께하고픈 바람이 있는 사랑이 있습니다.
내 가슴속에는 꼭꼭 숨어 있는 마지막 사랑이 있습니다.
그 사랑 바로 당신 애니랑입니다.

여자는 그래요

남자는 키가 커야 되고
남자는 멋있어야 되고
남자는 능력이 있어야 되고
이것저것 따지지요

하지만 여자는 그래요
결국엔
나를 사랑해주는 남자한테
가게 돼 있답니다.

쉿! 비밀이지만
울 애니랑도 그랬거든요.

세상 어떤 곳에도

당신 같은 사람이 없는 걸 잘 알기에
이제는 보낼 수 없을 만큼
당신을 사랑해버렸어요.
언제나 항상 내 곁에 남아주세요

사랑하는 내 아내에게

나의 의미

사랑을 다해 사랑하며 살다가 내가 눈 감을 때까지
가슴에 담아가고 싶은 사람은
내가 사랑하는 지금의 내 아내입니다.

세월이 흐르고 흘러 당신 모습이 변하고 변해도
처음 만남의 그 첫 모습 첫 느낌
아름다운 기억 영원히 잊지 않고
당신 이름이 낡아지고 빛이 바랜다 하여도 나는 영원히

검정 교복 검정 바지 유난히도 눈이 컸던 아이

친구야, 저 여학생 참 예쁘다.
내 저 여학생 여자친구 만들어 불란다.
내 저 여학생이랑 이 다음에 결혼해 불란다.
이 말에 친구들 잘해봐라 엊그제 같은데
어느새 시간은 흘러 25년이라는 긴 시간 속으로.

당신을 아내로 맞이하고 25년 세월 속에서도
당신에게 모든 것이 고마운 마음뿐이라오.

그냥 언제나 다소곳이 아내의 그 자리 엄마의 그 자리
묵묵히 지켜주는 당신이 한없이 아름다운 여자랍니다.
언제나 묵묵히 나를 지켜보며 따라준 의미를 잊지 않고 있다오.

언제나 당신은 나의 친구이며 언제나 당신은 나의 애인이며
언제나 내가 살아가는 의미라오.

나에게는 큰 꿈이 있다오.
내가 당신과 하나 되며 약속한 그 모든 약속
내 살아가면서 다 지켜주고
내 삶을 마치는 그날 내 마음속에
당신의 첫 그 모습 그 느낌 그대로를 간직하고 떠날 수 있도록
내 하루하루를 살아가리다.
내가 이 세상에서 가장 사랑하는 사람.

지금 내 가슴속에 있는
당신 바로 내 아내 당신 애니랑 당신일 것입니다.
당신은 바로 내가 살아가고 있는 '나의 의미' 입니다.

연애와 사랑

●

그 차이가 뭔 줄 아세요?

연애는 서로에게 배려하며 사랑받기 위해 애쓰는 것이고,

사랑은 서로를 존중하고 상처 주지 않기 위해 애쓰는 것입니다.

그래서 바로 그 차이 때문에

연애가 끝나면 지우고 싶은 흉터 같은 기억만 남을 뿐이고

사랑이 끝나면 죽어서도 간직하고 싶은 추억이 남는 겁니다,

흔한 말로들 목숨처럼, 목숨을 내걸고 그렇게 사랑한다고들 하지요.

하지만 세상을 살면서 자신의 목숨을 내놓을 만한 일은

그렇게 쉽게 일어나지 않습니다.

그 사람의 애정이 자꾸만 하찮아 보일 때 한 번쯤 생각해 보세요.

걸 일도, 걸 수도 없는 목숨은 그렇게도 자주 내다걸면서

비 오는 날

그 사람을 약속 없이도 마중 나가거나

마중 와달라는 그 사람의 부탁에

늦은 밤이라도 기쁜 마음으로 달려가거나 하는

그런 사소한 행복들에는 얼마나 신경을 쓰며 지내고 있는지…….
지금 자신의 곁에 있는 사람으로 인해 상처 받고 지쳐 있다면
한 번쯤 생각해 보세요.
나는 지금 그 사람과 연애를 하고 있는지 사랑을 하고 있는지,
지금 그 사람은 나와 연애를 하고 있는지 사랑을 하고 있는지

연애와 사랑은
아주 작은, 사소하고 아주 간단한 그 차이입니다.
지금 연애중이세요? 사랑중이세요?
나는 애니랑과 사랑중이랍니다.

굿모닝

아침 인사를 전할 수 있는 사랑하는 사람이 있어 참 좋다.

굿모닝!
오늘 하루도 기분 좋게 시작하라고

굿모닝!
날씨 더운데, 날씨 차가운데 이디 아픈 곳 없이 편안한 날 되라고

굿모닝!
오늘 하루도 가는 곳마다 만나는 사람마다 행복하라고

굿모닝!
오늘 하루도 하는 모든 일이 뿌듯하라고

굿모닝!
늘 예쁜 천상 여자로 모두에게 사랑받으라고

굿모닝!
하루 중에 문득문득 생각나는 예쁜 사람이라고

굿모닝!
우리 인연으로 만나 늘 설렘을 주어 고맙다고

굿모닝!
사랑으로 늘 존중 · 배려하며 아름다운 사랑 추억 함께하겠다고

굿모닝!
오늘도 행복 가득하길 응원 한 보따리 전송합니다.

영차! 아이쿠, 무거워

굿모닝!

내 하루에 그대가 있습니다

내 하루에 언제부터인지
그대가 있습니다.

다정하게 대화를 나눌 수 있을 것 같은
설렘과 기대감으로 언제든 만나고픈

상큼한 미소로 마주하며 재잘재잘 이야기하고픈
하루를 맞이하는 내 하루에 그대가 있음을…….

설렘과 기대감으로
감사함으로…….

오늘을 맞이하는
내 하루에…… 의미가 있습니다.
그렇게…… 내 하루는 행복입니다.

사랑은

●

사람은 사랑할 때 가장 아름답습니다.
사랑은 이유가 필요 없는 것 같습니다.
사랑은 사람이 살아가는 데 가장 큰 의미인 것 같습니다.

사랑은 망설이면 안 됩니다.
사랑은 숨기면 안 됩니다.
사랑은 사랑하고 싶을 때 사랑해야 합니다.
사랑은 사람에게 가장 아름다운 것입니다.

당신은 나에게 가장 좋은
당신은 나에게 가장 편안한 바이러스입니다.
당신은 나에게 엔돌핀입니다.
힘내요, 내 사랑

나에게 당신은 에너지

당신이 언제나 늘 곁에 있어줘서 행복합니다.
당신이 내게 들려주는 자그마한 이야기 소리에도
난…… 오늘도 이렇게 작은 미소 한 번 지어봅니다.

늘 그곳에서 바라보는 모습에
오늘따라 행복 하나 더해집니다.

지난 어제와 지금의 오늘, 다시 걸어가야 할 내일

하루하루가 넘어갈 때면 당신으로 인해서
멋진 꿈을 안고 걸을 수 있어서 행복합니다.

당신이 늘 내 곁에 있어 줘서
오늘 하루도 우리 행복 꿈을 향해 달립니다.
애니랑 당신은 내게 있어
늘 에너지를 주는 사람입니다.

사랑한다 사랑한다 사랑한다.

함께하지 못한 만큼
보고 싶고 그리웠던 만큼
더 잘해야지 더 잘해줘야지 하면서
더 못 하고 더 못 하고 그래요

늘 미안한데. 그런데 늘 점점 더 미안하고
잘해야지 잘해줘야지 늘 그렇게 마음뿐입니다.

늘 그렇듯이 오늘도
아쉬움만 미안함만 남기고 살아온 날이
싸한 아픔이 됩니다.

이 다음에 우리 만날 때는
널 외롭게 혼자 두지 않을게
내 품에서 편히 쉬하고 행복할 수 있게 해줄게
늘 미안하고 언제나 사랑해

사랑은 모르죠

행복할 땐 모릅니다. 누구나.

힘들 때
아플 때
어려울 때

그때나 드러납니다.
그때나 알게 됩니다.

멀리 떨어져 만나지 못해
보고플 때 그리울 때 사랑을 알게 됩니다.
아들 곁에 있을 때
무심코 지금 훈병 아들에게
사랑하는 마음을 전송할
그때입니다.
사랑한다. 사랑한다. 사랑한다.

고마워요

•

고마워요.

당신…… 정말 고마워요.

사랑한다는 말보다

고맙다는 말이 하고 싶었습니다.

정말 고마워요

당신, 나에게 이렇게 다가와줘서

당신, 나를…… 이렇게 이해해줘서

옛 생각이 날 때, 돌아갈 수 없음을 알 때

●

아들
밤늦게까지 학교 무진관에서 공부하고
피곤해서 지쳐 들어올 때
아침에 학교 등교시켜 주는 옆자리에서 졸고 있을 때
순간 가슴은 저리게 아픕니다.

공부하는 거 힘들구나.
많이도 힘들고…… 외롭구나…… 하는 생각에
나도 모르게 학창시절이 생각납니다.
공부하는 것보다 노는 것이 좋았던 시절이.

그래도 학생이니 공부해야 하는 것이 일이 아닌가
내가 지금 다시 이 마음으로 학창시절로 돌아간다면
전교 1등 하고 말 텐데
그러나 아들아 힘내라

훗날 자신의 삶을 위해 잘 참고 견딜 것이라 믿어봅니다.

'아들아, 너도 언젠가 어른이 되고 보면
그래도 공부하던 때
그 학창시절이 제일 그립고 좋았다고 말할 거야.
지금은 많이 힘들고 외롭고 지치겠지만
조금만 참아라. 너의 미래를 위해서 말이야.'

한 치 앞도 알 수 없고
정답 없는 삶을 살아가는 우리라지만
때로는 미리 알고 가는 인생이면 조금은 쉬울 텐데
그 삶이 어쩌면 더 편안할 수도 있을 텐데
아이 걱정에 말도 안 되는 억지도 부려봅니다.

아들아 힘내!
아빠 엄마가 늘 든든하게 뒤에서 응원할 테니
힘내라 큰아들, 열심히 공부하여 훌륭한 경영인으로
힘내라 둘째야, 열심히 공부해서 훌륭한 경제인으로

그냥 흔들리게······ 두어라

막는다고 막아질 것이었으면
애초에 흔들리지 않았을 것을······.

소용없는, 쓸데없는 낭비다.

흔들릴 땐
버려 둬라

바라는 건 그저

휴식 같은 사랑. 휴식 같은 사람

그렇게 늘 나에게 위로가 되는 사람
늘 나에게 용기를 주는 사람
늘 나에게 행복을 주는 사람
늘 곁에 있어 행복한 사람
애니랑 그대입니다.

당신이 생각한 마음까지도 담아 내겠습니다!!

책은 특별한 사람만이 쓰고 만들어 내는 것이 아닙니다.
원하는 책은 기획에서 원고 작성, 편집은 물론,
표지 디자인까지 전문가의 손길을 거쳐
완벽하게 만들어 드립니다.
마음 가득 책 한 권 만드는 일이 꿈이었다면
그 꿈에 과감히 도전하십시오!

업무에 필요한 성공적인 비즈니스뿐만 아니라 성공적인 사업을 하기 위한
자기계발, 동기부여, 자서전적인 책까지도 함께 기획하여 만들어 드립니다.
함께 길을 만들어 성공적인 삶을 한 걸음 앞당기십시오!

도서출판 모아북스에서는 책 만드는 일에 대한 고민을 해결해 드립니다!

모아북스에서 책을 만들면 아주 좋은 점이란?

1. 전국 서점과 인터넷 서점을 동시에 직거래하기 때문에 책이 출간되자마자
온라인, 오프라인 상에 책이 동시에 배포되며 수십 년 노하우를 지닌 전문적인 영
업마케팅 담당자에 의해 판매부수가 늘고 책이 판매되는 만큼의 저자에게 인세를
지급해 드립니다.

2. 책을 만드는 전문 출판사로 한 권의 책을 만들어도 부끄럽지 않게 최선을 다
하며 전국 서점에 베스트셀러, 스테디셀러로 꾸준히 자리하는 책이 많은 출판사
로 널리 알려져 있으며, 분야별 전문적인 시스템을 갖추고 있기 때문에 원하는 시
간에 원하는 책을 한 치의 오차 없이 만들어 드립니다.

기업홍보용 도서, 개인회고록, 자서전, 정치에세이, 경제 · 경영 · 인문 · 건강도서

모아북스 문의 0505-627-9784
MOABOOKS

자신의 가치를 높여라

초판 1쇄 인쇄	2022년 06월 23일
1쇄 발행	2022년 07월 05일

지은이	양승철
발행인	이용길
발행처	**모아북스** MOABOOKS

관리	양성인
디자인	이룸
총괄	정윤상

출판등록번호	제 10-1857호
등록일자	1999. 11. 15
등록된 곳	경기도 고양시 일산동구 호수로(백석동) 358-25 동문타워 2차 519호
대표 전화	0505-627-9784
팩스	031-902-5236
홈페이지	www.moabooks.com
이메일	moabooks@hanmail.net
ISBN	979-11-5849-180-2 03810

모아북스 는 독자 여러분의 다양한 원고를 기다리고 있습니다.
(보내실 곳 : moabooks@hanmail.net)